Disney・PIXAR

リメンバー・ミー

アンジェラ・セルバンテス作
しぶやまさこ訳

ミゲル・リベラ
Miguel Rivera

ギターが得意で、
ミュージシャンを夢見る 12 歳の少年。
だが、リベラ一族のおきてで、
音楽は禁じられている。

ダンテ
Dante

メキシカン・ヘアレス・ドッグの野良犬。
ミゲルになついている。

ココばあちゃん
Mamá Coco

ミゲルのひいおばあさん。
年をとって
記憶はおぼつかないが、
ミゲルとは大のなかよし。

おもな登場キャラクター

リベラ家の人びと

一族でリベラ靴店を経営している。

おばあさん
Abuelita (Mamá Elena)

ココの娘で、ミゲルの祖母。一家をとりしきっていて、家族の伝統は忠実にまもる。

アベル
Abel
ミゲルのいとこ。

ロサ
Rosa
ミゲルのいとこ。

ベルトおじさん
Tío Berto

グロリアおばさん
Tía Gloria

ママ
Mamá
ミゲルの母。

カルメンおばさん
Tía Carmen

パパ
Papá
ミゲルの父。

おじいさん
Papá Franco

エルネスト・デラクルス
Ernesto de la Cruz

メキシコ史上、最も人気のあった伝説の歌手。
ヒット曲は『リメンバー・ミー』。

ヘクター
Hector

ミゲルが死者の国で出会った若者。
生者の国に写真をかざってもらえず、
〈死者の日〉に
家族に会いに行けないでいる。

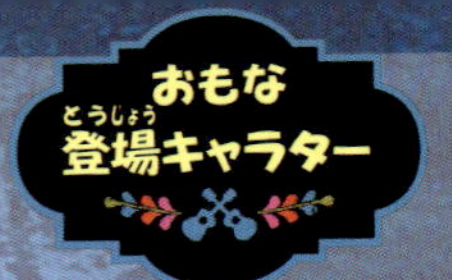

Mamá Imelda

ココばあちゃんの母で、
ミゲルのひいひいおばあさん。
昔、リベラ一家に
音楽を禁止した人物。

ペピータ
Pepita

翼をもつ巨大なヒョウの姿をしたアレブリヘ。
アレブリヘとは、
たましいをみちびくといわれる精霊。

リベラ家の先祖たち

ビクトリア
Tía Victoria

ロシータ
Tía Rosita

フリオ
Papá Julio
ココの夫。

オスカルとフェリペ
Tío Óscar & Tío Felipe
イメルダのふたごの兄弟。

フリーダ・カーロ
Frida Kahlo
世界的に有名な
メキシコ出身の芸術家。

メキシコの小さな町に住む靴屋の息子ミゲルは、ギターをこよなく愛し、ミュージシャンになることを夢見ている。あこがれは、伝説のスター、エルネスト・デラクルスだ。

しかし、一族のおきてで音楽を禁じられているため、ミゲルは屋根裏にかくれて手作りのギターをひいている。

今年も〈死者の日〉がやってきた。先祖が年に一度、家族のもとに帰ってくる、メキシコのお祭りだ。この日は祭壇に先祖の写真をかざり、一族そろって楽しくすごす。

祭壇のいちばん上には、ミゲルのひいひいおばあちゃん、ママ・イメルダと娘ココの写真。ココの父親の顔はやぶりとられている。

写真立てが祭壇から落ちた。中を見ると……折りたたまれた部分に、ギターが。これはデラクルスのギターだ！　まさか、あの偉大なスターが、ぼくのひいひいおじいちゃん？

音楽への夢がふくらんだ矢先、おばあちゃんが、ミゲルの手作りギターをこわしてしまう。

デラクルスの棺をおさめた霊廟（お墓）には、あの写真にうつっていたギターがかざってある。
音楽コンテストに出たいミゲルは、夜にこっそりしのびこみ、ギターを借りることにした。

ギターをひいた瞬間、ミゲルは死者の国にまよいこんだ！

夜が明けると、ミゲルは死者の世界にとどまることになってしまう。生者の世界にもどるには、先祖からゆるしをあたえてもらわなければならない。

ママ・イメルダからのゆるしは、「音楽禁止」の条件つき。それはいやだ。ひいひいおじいちゃんなら、ぼくの気持ちをわかってくれるはず。——ミゲルはデラクルスをさがすことにした。

ヘクターという若者が、デラクルスに会わせてやると約束した。かわりに、生者の国の祭壇に自分の写真をかざってほしいという。そうすれば、彼は生きている家族に会いに行けるのだ。

ミゲルはついに、デラクルスにめぐりあう。
しかし、伝説のスターには秘密があった。そして、ヘクターにも意外な過去が——。

CONTENTS

Disney・PIXAR

リメンバー・ミー

プロローグ

ここは、メキシコのサンタ・セシリアという街。この街に、ミゲル・リベラという十二歳の少年がいた。家業は靴屋だ。両親は健在だし、おばあさん、おじいさん、ひいおばあさんまでいる。

なにも不自由はないのだが、それでもミゲルは、こう思わずにはいられなかった。あーあ、ぼくほど不幸な子っていないんじゃないかな。大好きなギターをおおっぴらにひけないなんて。それも、自分がまだ生まれてもいなかったころに起きたできごとのせいで。

遠いむかし、ミゲルの先祖に、ある夫婦とひとり娘がいた。一家はいつも、よろこびにあふれていた。家族はみな、音楽が大好きだった。お父さんがギターをひき、お母さんと娘はダンスをし、全員で声をそろえてうたったものだ。

けれどお父さんは、家でギターをひいてうたうだけでは満足できなかった。世界のスターになりたくなったのだ。そしてある日、ギターを持って家を出て、二度ともどってこなかった。

その後、リベラ家がどうなったか——その話は、何代にもわたって一家に語りつがれている。子孫であるミゲルも、おさないころから、いやというほどきかされてきた。

のこされた妻——ミゲルのひいひいおばあさんのイメルダは、自分をすてて出ていった夫のために、一滴の涙もながさなかった。そのかわり、夫が愛していた音楽を自分の人生からしめだした。家の中のあらゆる楽器をすて、仕事をはじめた。

それが靴をつくることだった。娘も靴職人になった。娘の夫も、孫も。一家は、けんめいにはたらいた。音楽によって家族はひきはなされたが、靴がみんなをむすびつけたのだった。

メキシコでは、十一月の一日と二日、〈死者の日〉とよばれる祝日がある。死者の花とされるマリーゴールドをかざり、広場には屋台がならび、楽団のかなでる音楽がながれ、人々はお祭り気分にうかれる。〈死者の日〉は悲しみにくれる日ではなく、年に一度、この世に帰ってくる先祖をおむかえして、楽しく祝うものなのだ。

それぞれの家庭の祭壇には、先祖の写真がならべられ、さまざまな食べ物や飲み物がそなえられる。

毎年、〈死者の日〉がくるたび、ミゲルは、イメルダの娘であるひいおばあさんのココから、イメルダにまつわる話をよくきかされた。が、年齢とともにひいおばあさんは記憶がぼんやりとしてきて、長い話ができなくなってきた。

今年も、〈死者の日〉が近づいてきた。ひいおばあさんは車いすにすわって、ぼんやりと祭壇をながめていた。三つ編みにした真っ白な髪を左右にたらし、顔には深いしわがきざまれている。

ミゲルは、ひいおばあさんのほおにキスをした。

「やあ、ココばあちゃん。」

「フリオ、元気？」

ミゲルはため息をついた。フリオとは、亡くなったココの夫のことだ。

こんなふうに、ひいおばあさんの記憶がおぼつかなくなるのを見まもるのは、つらかった。でもそのおかげで、ミゲルはひいおばあさんに、いろいろなぐちをこぼすことができた。いつも一方的にだが。

リベラ家は、ココの娘であるおばあさんがとりしきっている。おばあさんがミゲルにもっと料理を食べなさいといったら、それにしたがわなくてはいけない。おばあさんに、ほおにキスしておくれといわれたら、ミゲルはそうしなくてはいけない。

ソーダのびんの口に息をふきかけて音を出すたび、こうしかられる。

「音楽は禁止！」

おばあさんは、通りすがりの人にも声をはりあげる。ラジオをガンガン鳴らしているトラックの運転手や、鼻歌をうたいながら歩いている通行人にも。

「音楽は禁止！」

おばあさんの音楽禁止令は、一家にしっかりいきわたっていた。

ミゲルは、こう思う。こんなに音楽をきらってにくんでいる家って、メキシコじゅうさがしてもないんじゃないかな。いちばんの問題は、家族のだれひとりとして、それを疑問に思っていないことだった。ミゲル以外は。

1　ミゲルの夢

〈死者の日〉がやってきた。ミゲルはランニングシャツにジーンズ姿で家から外に出ると、秋のさわやかな空気をすいこんだ。靴みがきの箱を手に、街の中心にむかう。リベラ家におけるミゲルの仕事は、靴みがきだ。家族はみんな、そうやって靴みがきからスタートして、やがて靴づくりの仕事をおぼえ、一人前の職人になっていくのだ。

広場が近づいてくると、ミゲルの顔に笑みがうかんだ。あちこちから音楽がきこえてきたからだ。

男の人がかき鳴らすギターの音。教会の鐘の音。楽団の演奏。ラジオからながれてくる曲。ミゲルの体は、しぜんにリズムをきざんでいた。やっぱり、音楽っていいな。ミゲルは思った。心をうきたたせてくれるもの。

近くの屋台のテーブルには、色とりどりの木彫りの動物がかざられている。〈死者の日〉にちなんだ、アレブリへとよばれる置き物だ。
お菓子の屋台の前までくると、ミゲルはパンをひとつ手にとり、店主にコインをわたした。

パンのあまい香りをかいでいると、一匹の犬がすりよってきた。黒っぽい大きな犬だ。毛がない種類で、すべすべした体をしている。野良犬だが、ミゲルはその犬にダンテと名前をつけ、かわいがっていた。ミゲルはパンをちぎって、ダンテにあげた。

どの家の戸口も色とりどりの紙の旗がはためき、玄関前にはオレンジ色のマリーゴールドの花びらがまきちらされている。死者をむかえる準備だ。

いつものようにマリアッチ広場では、たくさんのミュージシャンが音楽をかなでていて、その周囲に観光客があつまっている。ガイドがこう説明した。

「まさにこの広場で、若き日のエルネスト・デラクルスがうたっていました。そうして、メキシコ史上でいちばんの人気をほこる歌手になったのです。」

それをきいて、観光客たちはうなずいた。伝説の歌手、デラクルスのことを知らない者はいない。

ミゲルはうっとりとした顔で、銅像を見つめた。高い台の上に、メキシカンハットをかぶり、ギターをかかえたデラクルスの銅像がある。ヘッドとよばれるギターの柄の先端には、がい骨の顔の彫刻がほどこされている。デラクルスのギターの特徴だ。

これまでも、かぞえきれないほど銅像を見ているが、そのたびにミゲルはこう思っていた。ぼくも、いつかきっとデラクルスみたいになってみせる！

広場の一角で、ミゲルは靴みがきの道具をひろげた。楽団の制服を着たひとりの男が、靴をみがいてもらおうとこしをおろした。

ミゲルは、その楽団員がよろこびそうな話をした。

「デラクルスは、サンタ・セシリアのまったく無名の男だったんだよ。ぼくみたいに。でも、最高にいかすギターを持ってて、みんな、デラクルスの歌にうっとりした。映画にも出てて、空をとびながらうたったりしてた。」

ミゲルは古い映画の一場面を思い出していた。

「デラクルスのつくる歌はどれも最高だけど、ぼくのいちばんのお気に入りは、『リメンバー・ミー』だな。ほら、デラクルス最大のヒット曲の。彼は夢のような人生を生きた。一九四二年に、舞台装置の巨大な鐘におしつぶされて亡くなるまで。」

話に夢中になるあまり、靴をみがく手はおろそかになっていた。が、気にせず、ミゲルは話しつづけた。

「ぼくも、デラクルスのようになりたいんだ。銅像を見るたび、他人のような気がしなくてね。デラクルスがミュージシャンになれるんなら、ぼくもなれるんじゃないかって思うんだ。」

そこでミゲルは、ため息をついた。

「あーあ、家族がいなかったらなあ。」

「おしゃべりはそこまでだ。おれは、靴をみがいてほしくてここにいるんだ。きみの話をきくためでなく。」

「ああ、すみませんでした。」

ミゲルは頭をさげると、せっせと靴をみがいた。楽団員は、なにげなくギターをひきはじめた。

「いまみたいなこと、ぼくは家では話せないんだ。」

「そんな。もしおれがきみだったら、意気揚々と家族につげるけどな。『ぼくはミュージシャンだ』って。」

「そんなこと、絶対にいえないよ。」

「だって、きみはミュージシャンなんだろ？　ちがうのかい？」

「どうだろう……一度も人にきかせたことないし。」

「なんとまあ。デラクルスがこっそり練習して、世界的なミュージシャンになれたと思ってるのか？　まさか！　彼は広場に立って、大声でうたったんだ！」

楽団員は、広場にはられたポスターを指さした。

『才能ある者のために、ショーはひらかれる。』と書かれている。

「ほら！　今夜、〈死者の日〉を記念して、この広場

で音楽のコンテストがおこなわれる。きみはヒーローになりたいんだろ？　出るべきだ！」

「でも……家族におこられちゃう。」

ミゲルはぽつりと口にした。

「そうかい。そんなに家族がこわいなら、ずっと靴をみがいていればいい。」

楽団員は肩をすくめ、つづけた。

「デラクルスがいつもなんといってたか、知ってるか？」

「チャンスを逃すな？」

と、ミゲルは答えた。

楽団員はミゲルをじっと見つめ、自分のギターをさしだした。

「きみの実力を見せてくれ。おれが最初の聞き手になってやるよ。」

ミゲルはおどろいた。この人は、ほんとうにぼくの演奏をききたいのかな？　通りを見わたし、家族がいないかたしかめた。そうしてギターに手をのばすと、指をひろげ、ひこうとした。そのとき――。

「ミゲル！」

なじみのある声がした。

あーあ、見つかっちゃった。ミゲルはがっかりして、楽団員にギターをかえした。

鬼のような顔で、おばあさんが走ってくる。いつものように、ワンピースにエプロンをかけた姿で。そのうしろには、あざやかなオレンジ色のマリーゴールドの花束をかかえたベルトおじさんと、いとこのロサもいる。

「おばあちゃん！」

「ここでなにをしてるんだい？」

「ええと……その……。」

ミゲルはそそくさと、靴みがきの布とクリームをかたづけた。おばあさんはミゲルの答えを待ってはいない。はいていたサンダルをぬぎ、それで楽団員の頭をはたいた。

「うちの孫息子に、よけいなことしないでおくれ！」

「おれはただ、靴をみがいてもらってただけだ。」

おばあさんはミゲルをにらんだ。

「この男に、なんと吹きこまれたんだい？」

「この人は、ギターを見せてくれただけだよ。」

ミゲルは、おどおどしていった。

「うちの孫は、天使みたいに心がまっさらな子なんだ。あんたらの楽団になんて、入るものか！　孫に近づかないでおくれ！」

おばあさんにおどかされ、楽団員はあわてて走りさっていった。ミゲルは、もうしわけない気持ちでいっぱいだった。

「ふん、貧乏楽団員！」

おばあさんは、孫息子をぎゅっと胸もとにだきよせた。

「だいじょうぶかい？　こんなとこにいちゃいけない。家に帰ろう！　さあ、すぐに。」

おばあさんは命令すると、広場に背をむけた。

ミゲルはため息をつき、靴みがきの箱を手にした。そのとき、近くのかべにコンテストのちらしがはられていることに気づいた。そっとちらしをはがし、ポケットにしまった。

2　家族とのいさかい

ミゲルは家族のあとをとぼとぼ歩いていた。

「何回いったらわかるんだ？　あの広場には、楽団員がうじゃうじゃいるんだって。」

「はい、ベルトおじさん。」

ミゲルはしょんぼりと答えた。数分後、ミゲルは靴屋の中に入った。

「おまえたちの息子が広場にいたよ！」

おばあさんがいまいましそうにいうと、ミゲルの両親はびっくりして、作業台から顔をあげた。

「ミゲル！」

お父さんがいすから立ちあがり、こわい顔で息子を見た。その横でお母さんが、大きくなったおなかをさすりながら、しかった。

「おばあさんに、あの広場に行っちゃだめっていわれてるでしょ？」

「ぼくは靴をみがいていただけだ！」

ミゲルはいいはった。

「音楽家の靴をな。」

ベルトおじさんがいうと、家族はいっせいにため息をついた。いとこの中でいちばん年上のアベルは、あきれたようすで、みがいていた靴を天井にほうりなげた。

「おばあさんが広場に近づくなといったら、それをまもらないといけないんだ。」

お父さんがたしなめた。リベラ家では、なんといっても、おばあさんのいうことがいちばんなのだ。

「今夜はどうするの？　今日は〈死者の日〉だよ。」

ミゲルは口ごもりながら、たずねた。コンテストのことがわすれられなかった。広場に行って、思いきりギターをひいて、うたいたかった。

おばあさんが、じろりとミゲルを見た。その先をつげるべきかどうか、ミゲルはなやんだ。コンテストに出たいなどといおうものなら、大反対されるのはまちがいない。けれど、思いきって口にしてみた。

「広場で、音楽のコンテストがあるんだ。」

お母さんがミゲルを見た。

「参加したいの？」

「うん、できれば。」

いとこのロサが笑った。

「コンテストに出るには、才能がないとむりよ。」

横からおばあさんが、

「〈死者の日〉に外出なんて、とんでもない！」

と、きびしい声でいい、マリーゴールドの花束をミゲルにわたした。

「花を祭壇にそなえるんだ。さあ、行こう！」

ミゲルは、母屋の祭壇のある部屋にむかった。

部屋は明るく、ひろびろとしている。かべの前には、段になった祭壇がある。周囲はマリーゴールドの花でかざられ、どの段も、たくさんの先祖の写真、ろうそく、花、食べ物

でうめつくされている。先祖へのお供え物だ。

ミゲルのあとから、ひいおばあさんのココがすわった車いすをおして、おばあさんが部屋に入ってきた。

ミゲルのふくれっつらを見て、おばあさんがいった。

「そんな顔をするんじゃないよ。ご先祖さまがあたしたちに会いにくる、年に一度の夜なんだから。」

おばあさんは、祭壇のかざりつけがちゃんとできているか、たしかめながらことばをつづけた。

「こうやって写真をかざっておくと、ご先祖さまのたましいがもどってくるんだ。写真がないと、ご先祖さまはやってこられない。ご先祖さまが生きているあいだに好きだった食べ物も、用意しておく。こうしたしきたりは、家族のきずなを深めるためのものなんだよ。こんな日にこっそり出かけるようなことは、してほしくないね。」

おばあさんは祭壇から顔をあげた。ミゲルが部屋からぬけだそうとしていた、まさにそのときに。

「どこに行くんだい？」

「もう仕事はおわったかなと思って。」

「ミゲル、リベラ家の一員だということは、家族のためにここにいるってことだ。おまえには、あの男のようになってもらいたくない。」

おばあさんは、祭壇のてっぺんにある、自分の祖母イメルダの写真をじっと見つめた。そのひざには、まだおさないココ、さらに男の人がうつっている。が、彼の顔はやぶりとられていた。

「ひいばあちゃんのパパのようにってこと？」

「あの男のことは口にしないでおくれ！」

おばあさんはぴしゃりといい、横目でココを見やった。

「もう、わすれられた人なんだから。」

「パパ？」

ふいに、ひいおばあさんのココが口をはさんだ。おばあさんとミゲルはふりむいた。ココは、だれかをさがすように部屋を見わたしている。

「パパが帰ってきたの？」

「母さん、おちついて。心配しないで。あたしはここにいるから。」

おばあさんは、あわてて母親をなだめた。

ココは、ぼんやりとした視線をおばあさんにむけた。

「おまえはだれだい？」

母親のことばに、おばあさんはがっくりと肩を落とした。が、気をとりなおして、おだやかな笑みをうかべた。

「母さん、やすんでいて。」

おばあさんは祭壇の前にもどった。

「おまえにきびしくするのは、心配しているからなんだよ、ミゲル。」

おばあさんはそこで口をつぐみ、きょろきょろした。

「ミゲル？　ミゲル？」

孫がいなくなったと知り、おばあさんは深々とため息をついた。

「あの子をどうしたらいいんだろうねえ？」

3　秘密の場所

ミゲルは屋根裏にいた。

そこはミゲルの秘密基地で、家でひとりになれるただひとつの場所だった。ミゲルはギターを手にした。古い板をつぎあわせて白くぬった、お手製のギターだ。

野良犬のダンテが屋根裏に入ってきて、ほえた。

「シーッ。この場所がばれたら、こまるんだ。ここでしかギターをひけないんだから。」

ギターのヘッドには、デラクルスをまねして頭がい骨の絵が描かれている。ミゲルはさらに、頭がい骨に金色の歯をかきくわえた。ますます、デラクルスのギターそっくりになった。

「だれか、ぼくの演奏をきいてくれる人がいればなあ。」

ミゲルはギターの弦を調節しながらぼやき、ダンテにいった。

「おまえ以外に。」

ダンテがミゲルの顔をなめた。ぼくはちゃんときいてるよ、というように。

ジャーン。ミゲルはギターをかき鳴らした。チューニングはかんぺきだ。

屋根裏部屋のはしには、祭壇がある。テーブルに白い布をかけただけのものだが、デラクルスのポスター、ろうそく、楽譜集がかざられている。その祭壇には、ミゲルの思いがつまっていた。

デラクルスのレコードアルバムの横にあるろうそくに、ミゲルは火をつけた。アルバムのジャケットでは、デラクルスが愛用のギターをかかえて、にっこり笑っている。ミゲルは自分のギターと、ジャケットにうつっているギターを見くらべてみた。そっくりだ。デラクルスのお気に入りのポーズをまねし、大きな笑みをうかべた。

おんぼろのテレビのスイッチを入れ、付属のデッキに『エルネスト・デラクルスのベスト盤』のビデオテープを入れる。画面に白黒の映像がながれた。若き日のデラクルスが話している。

『わたしは、うたわなくてはならない。演奏しなくてはならない。音楽は……わたしの中にある。わたしが音楽なのだ。』

『落ちこむことがあったら、わたしはギターをひく。』

『世間の人たちはルールにしたがうだろうが、わたしは自分の心にしたがう！』

『この気持ち、わかるかい？　空中に歌がながれていて、それが自分のためだけにうたわれているのだとしたら？』

　あこがれの人が語ることばは、いつきいてもミゲルの心をゆさぶる。デラクルスがギターをつまびきながらうたいだすと、ミゲルもそれに合わせてデラクルスの指のうごきをまねした。

　ミゲルはギターをひきつづけた。もしミゲルのギターをきく人がいたら、そのみごとな腕前にびっくりするにちがいない。ただ、本人は自分の才能に気づいていなかったが。

　画面からは、ふたたびデラクルスの声がながれてきた。

『音楽の力を見くびってはいけない。』

『チャンスがおとずれたら、それを逃してはならない。つかまえなくては！』

『わたしは自分の夢を信じつづけた。人をあてにしてはいけない。夢を実現できるかどう

かは、自分しだいだ。チャンスをとらえ、現実のものにするのだ。』

「……現実のものにするのだ。」

ミゲルはそのことばを、デラクルスと声をそろえて口にした。もうかぞえきれないほど耳にしているので、デラクルスのことばはすべて暗記していた。

チャンスを現実のものにする……ポケットに手をつっこみ、一枚のちらしをとりだす。音楽コンテストのちらしだ。

「もうこれ以上、こそこそするのはいやだ、ダンテ。」

ミゲルは犬に声をかけた。

「チャンスをつかんでやる！」

ダンテはうれしそうに、しっぽをふった。

「広場に行ってみせる。それでどんな目にあおうとも。」

4 意外な事実

「そろそろ日がくれる。〈死者の日〉がはじまるよ。」

おばあさんが庭の門をあけた。祭壇は母屋の一階にあり、部屋のドアは中庭に面している。門から祭壇のある部屋のドアまで、地面にはマリーゴールドの花びらの道がつづいていた。このオレンジ色の道が、ご先祖さまを家にみちびいてくれるのだ。

ミゲルとダンテは屋根裏から屋根に出て、そこから中庭にとびおりた。お手製のギターをしっかりかかえたまま。門から出ようとしたところで、ぎょっとした。ベルトおじさんとお父さんが、歩道のむこう側からあらわれたのだ。ふたりは、小さなテーブルをはこんでいる。

ミゲルの胸がどきどきした。見つからないように、中庭にあとずさる。が、今度は外からおばあさんの声がした。まずい！

「テーブルは中庭にはこんでおくれ。」

おばあさんは、ベルトおじさんとお父さんに指図した。

ミゲルとダンテは、あわてて祭壇のある部屋に入った。だれにも見つからないように、足音をしのばせて。

部屋には、ひいおばあさんのココがいた。いつものように車いすにすわり、ぼんやり遠くを見つめている。

ミゲルは、ダンテとギターをすばやく祭壇の下におしこんだ。そこに、両親とおばあさんがあらわれた。

「ミゲル！」

おばあさんが、なにかいいたそうな顔になる。

「べつになにもしてないよ！　ママ、パパ、ぼくは――。」

「ミゲル。」

お父さんが声をかけた。

「おばあさんが、とってもすばらしいことを思いついたんだ！　おまえを靴工房ではたらかせるって。パパたちも、全員賛成だ。」

お父さんは、靴屋のしるしである革のエプロンを、ミゲルの肩にかけた。

「なんだって？」

ミゲルはびっくりした。ぼくが靴職人になる？

「もう靴みがきは卒業だ。靴をつくる側になるんだから。学校から帰ったら、毎日。」

おばあさんは、ミゲルのほおを両手でつつんだ。

「あたしたちのミゲルが、家業を継いでくれるなんて！　それも〈死者の日〉に。ご先祖さまたちも、ほこらしく思ってくれるよ。かんたんなサンダルからつくりはじめるといい。」

「いずれは、上等な靴をつくれるようになるさ。亡くなったフリオおじいさんのように。」

お父さんのことばに、ミゲルはあとずさった。

「でも、ぼくが靴づくりがへただったら、どうするの？」

「ここにいる家族が手ほどきしてくれるさ。おまえはリベラ家の一員なんだから。そしてリベラ家は――。」

ミゲルは、お父さんのことばをひきついだ。

「何代にもわたる靴職人なんだから。」

それをきいて、お父さんはうれしそうにうなずいた。

「それでこそ、わが息子！　ベルト、うまい酒を用意してくれ。乾杯したいんだ。」

おばあさんはミゲルにキスをした。

家族が部屋を出ていくと、ミゲルは祭壇をふりかえった。あっ、ダンテが供え物を食べている！

「ダンテ、よせ！」

ミゲルはダンテを祭壇からひきはなそうとした。そのひょうしに、祭壇にいくつもならべられた写真立てがゆれた。てっぺんにかざってある、みんなからママ・イメルダとよばれているひいひいおばあさんの写真が、いちばんはげしくゆれている――。

「まずい！」

ガシャッ！　写真立てが床に落ち、いやな音をたてた。

ミゲルはいそいでひろいあげた。けれど、写真立てはこわれ、表面のガラスもわれている。まだ若いママ・イメルダが、おさない娘のココをだいている写真だ。

写真をよく見ると、一部がうらがえしに折られていた。ひろげてみると、ギターがうつっている。それを手にしているのは、顔をやぶりとられた男の人――ひいひいおじいさんにちがいない。ギターのヘッドには、頭がい骨の彫刻が……。

そんな！ ミゲルは息をのんだ。

このギターは、エルネスト・デラクルスのものだ！

そのとき、ひいおばあさんのココが、うたた寝から目ざめた。

ひいおばあさんは、ミゲルの手の中の写真を指さした。ミゲルの目がまるくなる。

「パパ？」

「ココばあちゃんのお父さんは、エルネスト・デラクルスなの？」

「パパ！ パパ！」

ひいおばあさんは、低い声でくりかえした。

ミゲルは屋根裏にいそいだ。自分の祭壇から、エルネスト・デラクルスのレコードアルバムをつかんだ。ジャケットのギターをしげしげと見つめる。それから写真のギターと見

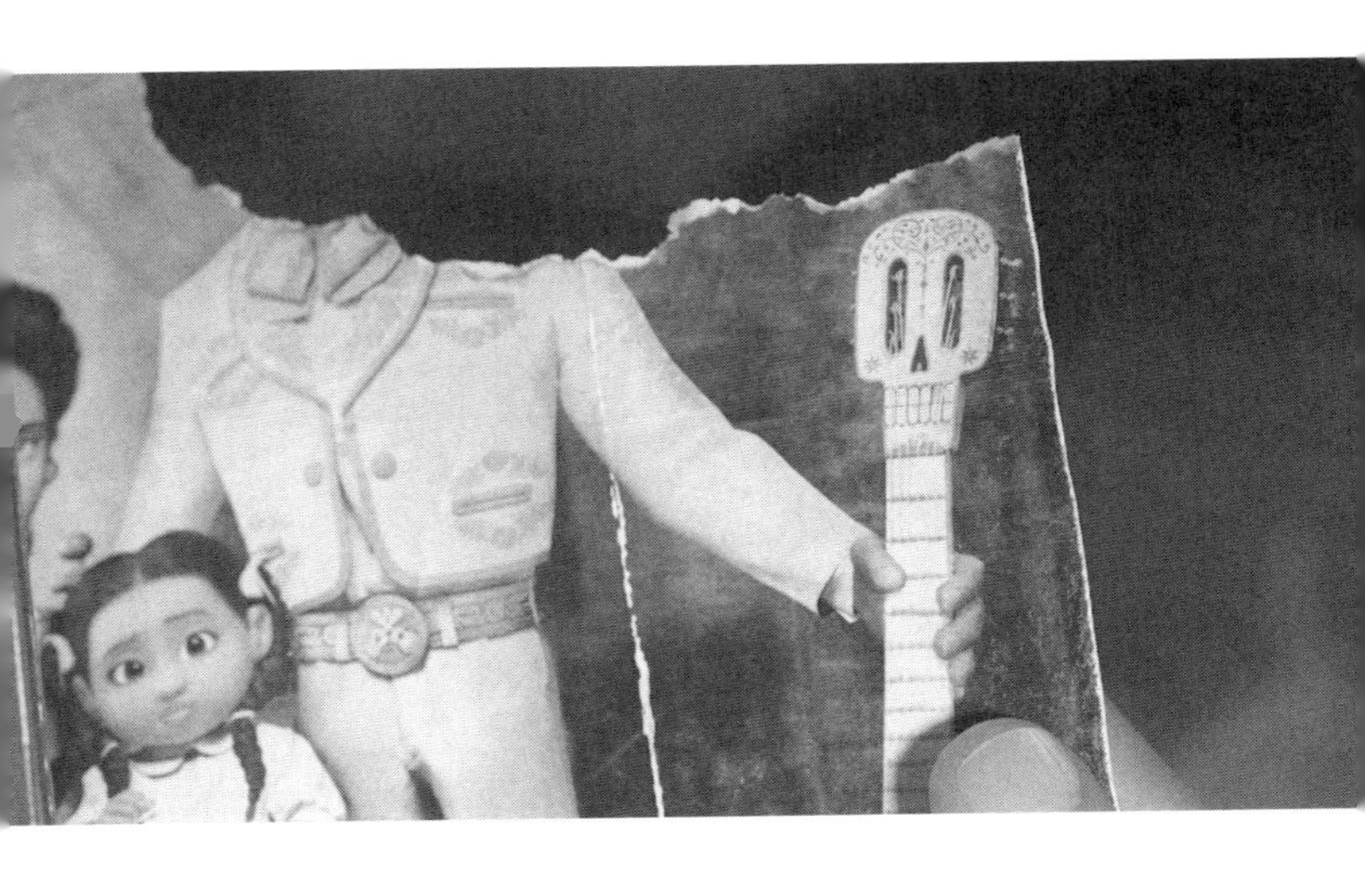

くらべた。おなじものだ！　そんなことって、ありえるだろうか？

あこがれのエルネスト・デラクルスが……ひいひいおじいさん？

ミゲルの胸が高鳴る。屋根に出て、写真とアルバムのジャケットをほこらしげにかかげた。


「パパ！　パパ！」

下の中庭にいるお父さんによびかけた。両親がミゲルを見あげた。なにごとだ？

「ひいひいおじいさんがだれか、わかった！」

「ミゲル、そこからおりなさい！」

お母さんがおこった。

「ココばあちゃんのお父さんは、エルネスト・デラクルスだったんだ！」

「なにをいってるんだ？」

お父さんはどなった。けれどかまわずに、ミゲルはさけんだ。

「ぼくは、ミュージシャンになる運命なんだ！」

5　ミゲルの反乱

中庭には、デラクルスのレコードアルバムがつまれていた。その周囲に家族があつまっている。

おばあさんは、ギターとレコードをするどく見た。

「それはなんだい？　家族にいえないことがあるのかい？」

「だから、ミゲルはしょっちゅう広場をうろついてたんだ。」

と、ベルトおじさん。グロリアおばさんがそれにつづける。

「それで、ありもしないことを夢見るようになったのよ。」

「ありもしないことじゃない！」

ミゲルは声をはりあげ、お父さんに写真をわたした。ママ・イメルダとココ、正体不明の男がうつっている古い写真を。そして、男の持っているギターを指さした。

「この人は、エルネスト・デラクルスだ！　時代をこえた最高のミュージシャンだよ！」

「こいつがだれだろうと、われわれの家族とは無関係だ。」

お父さんがいった。

「でも、パパ、いったじゃないか。祭壇の世話をしろって。そうしたら、ご先祖さまがみちびいてくれるって。そのとおりにしたら、エルネスト・デラクルスがひいひいおじいさんだってわかった！　ぼくも、デラクルスのようになる運命なんだ！」

「冗談じゃない！　あの男の音楽は、ばちあたりだ。音楽なんぞ、みとめないよ！」

おばあさんがどなった。お父さんが横からいいそえた。

「家族のおきてをまもれ。音楽は禁止だ。」

「とにかく、ぼくの演奏をきくだけきいて――。」

「話はもうおわった。」

お父さんが、きっぱりつげた。

ミゲルはギターを持ちあげ、かき鳴らそうとした。みんなに自分の演奏をきいてほしかったのだ。

と、おばあさんがギターをひったくった。そうして写真を指さした。

「その男みたいな未来をたどりたいのかい？　みんなにわすれさられ、家族の祭壇からもはずされるようになりたいのかい？」

「祭壇なんて、どうでもいい！」

自分でも知らないうちに、ミゲルはさけんでいた。なんだって？　家族は息をのんだ。

ミゲルははっとしたが、一度口にしたことばは、とりかえしがつかない。

おばあさんの目つきがけわしくなった。怒りにみちた顔で、ギターを頭上に持ちあげた。

「よして！」

ミゲルは悲鳴をあげた。おばあさんがなにをするつもりか、わかったのだ。

「母さん！」

お父さんもさけんだ。が、次の瞬間、おばあさんはギターを地面にたたきつけた。

「ギターも禁止！　音楽も禁止！」

おばあさんはいいはなった。家族のあいだに沈黙がひろがる。地面でくだけたギターをミゲルは見つめた。身じろぎもせず――自分自身がこなごなにされた気分だった。

おばあさんが声をかけた。

「さあ、行こう。家族と食事をすれば、気分も晴れるさ。」

「こんな家族なんて、もういやだ！」

ミゲルはそうさけぶと、お父さんの手から写真をひったくり、門の外にかけだした。


サンタ・セシリアの街を、ミゲルは走った。ダンテがそのあとを追いかける。広場に入ると、ミゲルはステージの横にいる女の人にたのんだ。

「ぼく、ここで演奏したいんです。エルネスト・デラクルスのように！　まだコンテストの申しこみに間に合いますか？」

「楽器は持ってるの？」

女の人がたずねた。

「いいえ。でも――ギターをかしてもらえれば――。」

「ミュージシャンなら、自分の楽器を持っていなくちゃ。ギターを見つけなさい、ぼうや。そうしたら、参加させてあげる。」

そういって、女の人は立ちさった。

ミゲルの顔がくもった。ギターをなんとか手に入れなくては。広場をきょろきょろ見まわした。たくさんのミュージシャンがうろうろしている。だれか、ギターをかしてくれないかな。ミゲルはひとりずつミュージシャンに近づいた。が、そんな頼みをきいてくれる人はいない。

気づいたら、エルネスト・デラクルスの銅像の前にいた。

「ひいひいおじいさん。どうしたらいい？」

と、そっと声をかける。

銅像の足もとにあるプレートが目に入った。そこには、こう記されている。

『チャンスを逃すな。』

ミゲルは手の中の写真を見た。そこにうつっているギターを指でなぞる。

と、頭上で花火があがった。銅像が、ぱっとかがやいた。

そうだ！　ミゲルの頭に、あることがひらめいた。

6 霊廟でのできごと

夜の共同墓地は、ろうそくと花でいっぱいだった。それぞれの家族が先祖の墓にあつまり、供え物をささげ、祈っている。

墓地のいちばんおくに、堂々としたりっぱな建物がある。エルネスト・デラクルスの墓がまつられている霊廟だ。ミゲルは人目を気にしながら、こっそり霊廟にむかった。

ワンワン。ダンテが鳴いた。

「シーッ、しずかに、ダンテ。ほえるのをやめろ。」

なにか、ダンテの気をそらすものがないかな？　あった。近くの墓にそなえてある鶏料理を、ミゲルはほうりなげた。ダンテがさっそく、そのあとを追いかけていく。

ふう、うまく追いはらえた。これからしようとしていることに、ダンテがいてはじゃまなのだ。

ミゲルは霊廟の窓から中をのぞいた。かべにデラクルスの大きな写真がかけられ、床には白い石の棺がおかれている。霊廟の中も、マリーゴールドの花びらがしかれていた。めあてのものが見つかった。写真の下にかざられている白いギター、あれこそ、デラクルスの有名なギターだ。

ミゲルの心臓がドクドク音をたてる。自分はこれから、ばちあたりなことをしようとしているのか？　いや、ちがう。デラクルスはひいひいおじいさんだ。ぼくがミュージシャンになりたがっていると知ったら、よろこんでくれるはずだ。

ドーンと音をたてて花火が次々と打ちあげられ、墓地の空をいろどっている。その光をあびて、霊廟の中のギターがかがやく。まるでミゲルをさそうかのように。

ピュー、ドーン！　はでな音とともに花火があがった。今だ！　ミゲルは思いきり窓ガラスに肩をぶつけた。ガラスがわれ、中のかけがねがふっとんだ。

あたりを見ると、みな花火に気をとられていて、霊廟には無関心だ。

うまくいったぞ！

ミゲルは窓から中に入った。棺によじのぼり、ギターにむきあう。

「デラクルスさん、おこらないでください。ぼくはミゲル。あなたの孫の孫です。」

ミゲルは顔をあげ、ギターの上のデラクルスの写真を見た。

「ぼくにはこれが必要なんです。かしてください。」

そういって、かべからギターをはずした。自分では気づいていなかったが、ギターを手にした瞬間、霊廟の中のマリーゴールドの花びらがきらきらかがやきだした。

「家族は音楽をにくんでいる。みんな、わかってないんだ。でも、ぼくはわかってる。あなたなら、こういってくれるだろうって。『自分の心にしたがえ。チャンスを逃すな』って。」

ミゲルは棺からおりると、ギターをぎゅっとかかえた。

「あなたがゆるしてくれるなら、広場で演奏するつもりです。かつて、あなたがそうしたように。」

ジャーン！　ミゲルはギターをかき鳴らした。

すると、周囲の空気がふるえはじめた。花びらが一枚残らずかがやいている。

ふいに、霊廟の窓が外から照らされ、明るくなった。男の声がする。

「ギターがなくなってる！　だれかにぬすまれたんだ！　見ろ、窓がわれている！」

ミゲルはぎょっとして、ギターをとり落とした。

かぎのまわされる音がして、霊廟のとびらがあき、懐中電灯を手にした管理人が入ってきた。

「ご、ごめんなさい！　ぬすんだんじゃないんです。デラクルスはぼくの——。」

けれど、管理人はミゲルの存在を無視して、棺にむかっていく。

次の瞬間、おどろくようなことが起きた。なんと、管理人はミゲルの体を素通りしていくではないか。そこにだれもいないかのように。

ミゲルはショックでうごけなかった。どうして、ぼくを通りぬけていけたんだ？　まるで、ぼくが幽霊みたいに？

管理人は床からギターをとると、霊廟の外にむかってさけんだ。

「中にはだれもいない！」

どういうこと？　ミゲルはわけがわからなかった。手で顔にさわってみた。ちゃんと顔はある。どうして？　どうして、あの人にはぼくが見えなかったんだ？

7　ご先祖さまたち

ミゲルは恐怖にかられて霊廟をとびだし、墓地を走っていった。人々に出会うたび、みなミゲルの体をすりぬけていく。どういうこと？　なにが起きているの？　わけがわからない。こわい！

やがて、自分をよぶお母さんの声がした。

「ミゲル！　どこなの？」

「ママ！」

ミゲルはお母さんにかけよった。が、お母さんもまた、ミゲルの体をすっと通りぬけてしまった。ほかの人々とおなじように。みんなにはミゲルが見えないし、声もきこえないらしい。

ぼくはいったい、どうなっちゃったの？

ミゲルはあとずさり、掘られたばかりの墓穴に落ちてしまった。

「ぼうや、だいじょうぶ?」

上から女の人の声がして、長い手袋をしたうでがさしのべられた。

「ほら、つかまりなさい。」

ミゲルはほっとした。ようやく、自分に気づいてくれる人に会えた! 女の人の手をつかみ、穴からひきあげてもらった。

「ありがとうございます。ぼく――。」

ミゲルは、あんぐりと口をあけた。女の人は帽子をかぶってドレスを着ているが、顔は真っ白で、目のまわりと鼻の部分に穴があいている。がい骨だ! 死者だ!

「ひゃあ!」

「きゃあ!」

ミゲルとがい骨の女の人は、同時に悲鳴をあげた。

逃げだそうとしたとたん、ミゲルはだれかにぶつかった。その相手も死者だった――ぶつかったひょうしに頭がい骨がもげ、ミゲルの手の中に落ちた。

「ひゃあ！」

ふたたびミゲルは悲鳴をあげ、頭がい骨をほうりなげた。あたりを見ると、墓地じゅう死者だらけだ。彼らにはミゲルが見えるらしい。死者たちの視線をあびて、いたたまれずミゲルはその場をかけだし、墓石のかげにかくれた。

そこからようすをうかがうと、死者たちはダンスを楽しんだり、自分たちのお墓にそなえられたものを食べたり飲んだりしている。

信じられない！　死者が歩いたり話したりするのが見えるなんて！

「これは、夢。夢なんだ。」

ミゲルはつぶやいた。

ふいにダンテがあらわれ、ぺろりとミゲルのほおをなめた。

「ダンテ？　ぼくが見えるの？　なにがどうなってるんだ？」

ミゲルがまごついていると、ダンテがほえた。ぱっとむきを変え、かけだしていく。

「ダンテ！」

ミゲルは犬を追いかけた――と、口ひげのある死者とぶつかった。

死者は地面にたおれた。骨がばらばらになり、あちこちにちらばる。

「ご、ごめんなさい。」

ミゲルはあやまりながら、地面から一本ずつ骨をひろいあつめた。

と、思ってもみなかったことが起きた。

「ミゲル？」

その死者に名前をよばれ、ミゲルはぎょっとした。どうして、ぼくの名前を知ってるの？

「ミゲルだって？」

ほかの死者たちが口々にいいながら、あつまってきた。時代おくれの服を着ているが、みな、靴屋の革のエプロンを身につけている。もしかしたら……リベラ家のご先祖さまたち？

「ここでおまえに会えるなんて！」

先ほどぶつかった、口ひげのある死者がうれしそうにいった。いつの間にか、彼の骨はもとどおりにくっついている。

「わしたちが見えるのか？」

ミゲルはその場につっ立ったまま、死者の顔をしげしげと見た。

「ぼくたち、知り合い？」

先祖のひとり、女の人のがい骨がミゲルのうでをつかむと、自分の胸にひきよせた。

「あたしたちは、おまえの家族だよ。」

ミゲルは、家の祭壇にならんだ写真を一枚ずつ頭に描いた。たしか、この顔は……。

「ロシータおばさん？」

ミゲルは、おそるおそる口にした。

「フリオおじさん？　ビクトリアおばさん？」

「この子は、まったく死者には見えないね。」

ビクトリアおばさんがいい、ミゲルのほおをつねった。

「生者にも見えないわ。」

ロシータおばさんがいった。ミゲルの先祖たちは、生きている子孫に会ってわけがわからず、目をぱちくりさせている。

「いったい、どうなっとるんじゃ。この問題を解決するには、ママ・イメルダにきくしか

ない。ママ・イメルダなら、この場をうまくおさめてくれるじゃろう。」

フリオおじさんがいった。

ふいに、ふたりの死者が走ってきた。ともにおなじ服を着て、そろいの帽子をかぶり、口ひげをはやしている。ふたごの、オスカルおじさんとフェリペおじさんだ。

ふたごは説明しようとした。

「ママ・イメルダは、橋をわたってこられない――。」

「あっち側で足止めされてる。」

ビクトリアおばさんは目を細め、ミゲルを見た。

「あたしの勘だと、おまえと関係ありそうだね。」

「ママ・イメルダがこられないなら――。」

ロシータおばさんがいうと、フリオおじさんがさけんだ。

「たすけにもどらないと！」

8　死者の国への橋

ミゲルは先祖たちのあとについて、共同墓地を歩いた。一行は墓石と墓石のあいだをぬうようにすすんでいき、角をまがった。その先には、あの世とこの世をつなぐ橋がいくつもある。

「すごい！」

橋を見て、ミゲルは思わず声をあげた。なんて大きいんだろう！　一面にマリーゴールドの花びらがしきつめられ、オレンジ色に光りかがやいている。あまりに長すぎて、どこまでつづいているのか先が見えない。

「おいで、ミゲル。心配ないから。」

フリオおじさんがいう。先祖たちはほかの死者の群れにまざり、橋をわたっていった。

ミゲルが一歩すすむたび、足もとのマリーゴールドの花びらが光をはなつ。

ふいに、ダンテが横を走っていった。

「ダンテ！　ダンテ！」

ミゲルは大声でよんだ。

「ダンテ！　とまれ！」

ようやく橋の真ん中で追いついた。ダンテはふかふかの花びらのじゅうたんの中をころげまわり、くしゃみをした。

「ぼくから、はなれちゃだめだ。ここがどこかもわから……。」

ミゲルは口をつぐみ、橋のむこうにひろがるあの世の景色に見とれた。金色、むらさき色、黄色――美しい光と影にいろどられた建物が高くつみかさなり、無数の塔のように空中をうめつくしている。ここは死者の国だ。だが、なんと生き生きとしていることか。

「ほんとうに、あの世ってあるんだね。」

「ないと思っていたの？」

ビクトリアおばさんが、すこしむっとした口調でいった。

「〝あの世〟っていうのは、おとなの作り話だと思ってたんだ。でも今は、まちがいなく

あるんだとわかったよ。」

そういうと、ミゲルは先祖たちと歩きだした。通りすがりの死者たちが、ふしぎそうにミゲルを見る。おさない女の子が、ミゲルを指さした。

「あの人、へんだよ、ママ。」

「こら、じろじろ見たらだめ――。」

母親は娘をしかろうとしたが、ミゲルを見て口をあんぐりあけた。そして娘をつれ、そそくさとその場をはなれた。

ミゲルは顔をかくすために、パーカーのフードを深くかぶった。ここは死者の国。ミゲルがいてはいけない場所なのだ。

じきに一行は、橋の反対側にある大きな建物についた。マリーゴールド大中央駅という場所で、ここから生者の世界に出国したり、再入国したりするらしい。

色とりどりのさまざまな動物があちこちにいて、空をとんだり、建物にとまったりしている。サンタ・セシリアで売られている木彫りの人形アレブリヘに、よく似ていた。ミゲルはたずねた。

「あれは、アレブリへ？」

「そうだよ。でも、生きている。ほんものの精霊なんだ。」

オスカルおじさんがおしえてくれた。

「たましいをみちびいてくれるのさ。」

と、ロシータおばさん。

大きな駅の建物に入ると、頭上のスピーカーから声がとどろいた。

「ようこそ、おかえりなさい。死者の国に再入国するために、持ちかえったお供え物を全部お出しください。休暇を楽しんでこられましたか？　もしも旅でおこまりのことがありましたら、家族再会局の者がお手伝いします。」

ミゲルはきょろきょろした。「再入国」と記された看板の下に、死者たちがむらがっている。

「おかえりなさい！　なにか申告するものはありませんか？」

係員がひとりの死者にたずねた。

「家族からお菓子をもらってきたよ。」

係員は、次々と死者たちに申告するものをたずねていく。

ミゲルは先祖たちのあとについて、再入国者の列にならんだ。

「出国」と記されたゲートから出ていく死者たちもいる。これから生者の国に行くのだろう。

「次の家族！」

女性の出国係員が声をはりあげた。

年配の夫妻が歩みでて、カメラの前に立った。カメラがふたりの顔をスキャンすると、生者の国の祭壇にかざられている彼らの写真がディスプレイにあらわれた。

「あなたがたの写真は、息子さんの祭壇にかざられていますね。よい旅を！　明日の日の出までに帰ってくるのを、わすれないでくださいよ。日の出とともに、〈死者の日〉はおわりますからね。」

年配の夫妻は、橋のたもとにいるほかの家族と合流した。

出国係員は、また声をはりあげた。

「次の家族！」

ひとりの死者がカメラの前に立った。にんまり笑うと、歯の矯正器具が見えた。

「あなたの写真は、歯医者の祭壇にかざられています。よい旅を！」

つづいてすすみでたのは、おしゃれな服を着た女の死者だった。

「わたしはフリーダ・カーロよ。」

フリーダ・カーロは、一九三〇～四〇年代に活躍した、世界的に有名なメキシコの画家だ。左右のまゆがつながっていて、特徴的な顔立ちをしている。

「みんなに知られているんだし、わたしのことはスキャンしなくてもいいんじゃない？いろいろな祭壇に写真がかざられているんだから。」

けれど、係員はフリーダのスキャンをした。ディスプレイに大きな×の印があらわれ、警報音が鳴った。係員がそっけなくつげた。

「残念ながら、あなたの写真はどこにもかざられていないみたいです。」

フリーダと称する女の死者は、左右がつながったまゆをはぎとり、ワンピースをぬいだ。そこにいるのは有名な画家ではなく、ただの若い男だった。

「すみません。フリーダというのはうそでした。ゆるしてください。」

「祭壇に写真がないんだから、橋をわたっていくことはできません。」

係員がいったとたん、若い男はいきおいよくかけだした。が、橋に達すると、厚くつもった花びらのじゅうたんにしずみはじめ、首までのみこまれた。係員のいったとおりだ。祭壇に写真がかざられていない者は、橋をわたれないのだ。

「もうすこしだったのに……。」

男はぼやいた。

警備員ふたりが橋に行き、花びらの中から男をひきあげた。

それを見て、ロシータおばさんがいった。

「ああ、おきのどくに。あたしの写真がどこにもかざられていなかったら、どうしたらいいかわからないわ。」

「次！」

再入国の係員が、ミゲルの先祖たちにつげた。

「まあ、あたしたちの番だ。」

ロシータおばさんがミゲルにいった。一家は窓口の前にあつまった。係員が窓口から身をのりだした。

「おかえりなさい！　申告するものは？」

「じつは、あるんです。」

フリオおじさんがいい、先祖たちはミゲルを前におしだした。ミゲルはフードをあげ、顔を見せて、あいさつした。

「こんにちは。」

係員のあごが、がくりとはずれて落ちた。

9　ありがたくないゆるし

ミゲルと先祖たちは警備員につきそわれ、別室にすすんだ。ダンテはうれしそうに、ミゲルの横を小走りでついてくる。一行は、「家族再会局」と記された大きなドアの中に入った。

中では、おおぜいの職員がコンピューターの前にすわり、旅行者たちが休暇中にこまった問題の手だすけをしていた。

部屋のかたすみでは、むらさき色のドレス姿の女の人が声をはりあげている。ドレスのそでからつきでた、白い骨となったうでをぶんぶんまわしながら。

「うちの家族はいつも――いつも――いつも――あたしの写真を祭壇にかざっているんだよ。あの悪魔のカメラときたら、とんだうそつきだ！」

目にもとまらぬ早わざで片足の靴をぬぐと、女の人は腹立ちまぎれに、それをコンピューターに打ちつけた。

「ママ・イメルダ？」

フリオおじさんが声をかけると、女の人は靴を手にふりむいた。

「あたしの家族！　この係の女にいってやっておくれ。この悪魔の箱にも。あたしの写真は祭壇にあるって。」

フリオおじさんがなにかいいかけたが、ママ・イメルダの声にさえぎられた。

「なんとまあ、ミゲルじゃないか！」

ママ・イメルダはミゲルに気づくと、まじまじと見つめた。

「この子がどうして、ここにいるんだい？」

ママ・イメルダがたずねたそのとき、ドアがあいて、ひとりの職員が顔を出した。白いワイシャツにネクタイをしめ、ズボンつりをしている。

「リベラ家のみなさん？」

家族は階段をのぼり、オフィスに案内された。職員は分厚い書類をめくりながら、ミゲルにいった。

「きみは呪われている。」

「なんだって!」

ミゲルは思わずさけんだ。

「〈死者の日〉は、亡くなった人におそなえをする日だ。きみはよりによって、そんな日に墓どろぼうをした。」

「でも、ぼくはギターをぬすんじゃいない!」

ミゲルは必死にいいはり、たすけをもとめて先祖たちの顔を見た。

「ギターだって?」

ママ・イメルダがききかえした。目つきがけわしくなっている。

「ひいひいおじいさんのギターだ。ひいひいおじいさんだって、ぼくに持っていてほしいと思ってるはず――。」

ママ・イメルダが、ぴしゃりとミゲルをさえぎった。

「その話はしちゃいけない……あのミュージシャンの話は! あたしたち一家にとって、

あの男は死んだも同然なんだから！」

「みんなだって死者じゃないか。」

ミゲルはむっとした。どうして、有名なエルネスト・デラクルスのことを、一族のひとりとしてみとめようとしないんだろう？　こんなに名誉なことはないのに。

ダンテが職員の机に近づき、あまいお菓子の入った皿に前足をのばそうとした。

「ハックション。」

職員がくしゃみをした。

「失礼――だれのアレブリヘです？」

ミゲルは、ダンテを机からはなそうとした。

「これはアレブリヘじゃなくて、ただの犬のダンテです。」

「それがなんであれ――ハックション――わたしは、ひどいアレルギー持ちなんだ。」

「でも、ダンテは毛なんか、はえてないけど。」

ミゲルがいうと、職員はふたたびくしゃみをした。

「わたしだって鼻がないが。ハックション！」

「ちょっとちょっと、あたしが橋をわたれない理由の説明はどうしたの？」

ママ・イメルダがもんくをいった。

ミゲルは、一家の祭壇のことを頭に描いた。ポケットから、おそるおそる白黒の写真をとりだし、ママ・イメルダとココ、正体不明の男の写真をひろげた。

「おまえ、あたしの写真を祭壇からとったのかい？」

ママ・イメルダがきびしい口調で、ミゲルをせめた。

「わざとじゃないよ。落っこちたのをひろったんだ。」

ミゲルはいいわけをした。ママ・イメルダは職員をふりかえった。

「この子をどうやって帰すつもり？」

「まあ、それはご家族の問題ですから。」

職員は手引書のページをめくった。

「呪いをとりけすには、先祖のゆるしを受けることです。そうすれば、すべてはまるくおさまります。でも、朝日がのぼる前にすませなくてはなりません。」

職員は警告した。

「日の出に、なにが起きるんですか？」

ミゲルはたずねた。

ふいに、フリオおじさんがさけんだ。

「おまえの手を見ろ！」

ミゲルは手を見た。左手の人さし指の先がすきとおりはじめている。ミゲルは青ざめ、気をうしないそうになった。が、フリオおじさんがミゲルの体をささえ、ほおをひっぱたいて正気にもどした。

「ミゲル、気絶しているひまはない。」

朝日がのぼったら、ミゲルは全身、がい骨になってしまうのだ。職員が口をはさんだ。

「ご心配なく。さいわい、ご家族がここにそろっています。今ここで、ゆるしを受ければいい。マリーゴールドはどこかな？」

職員は花をさがした。ロシータおばさんのドレスについていたオレンジ色の花びらをつまみあげ、それをママ・イメルダにわたした。

「生者を見て、彼の名前をよんでください。」

ママ・イメルダは顔をしかめ、

「ミゲル。」

と、口にした。

「さあ、『おまえにゆるしをあたえる』と、いってください。」

「おまえにゆるしをあたえる。」

ママ・イメルダはくりかえした。その指の中で、マリーゴールドの花びらがかがやきだした。

ミゲルはほっとした。これで家に帰れる。コンテストに参加できる——だが、ママ・イメルダのことばはおわらない。

「家に帰れるよう、ゆるしをあたえる。あたしの写真を祭壇にもどしなさい……。」

ミゲルはうなずいた。

「そして、二度と音楽を演奏してはいけない。」

「なんだって？　そんなこと、できない！」

ミゲルは声を荒らげた。

「ゆるしをあたえる人は、自分の望む条件をなんでもつけくわえられるんですよ。」

職員が説明した。ミゲルは怒りをこめてママ・イメルダを見た。ママも見つめかえした。その目には、かたい決意がやどっている。

「次に、花びらをミゲルにわたしてください。」

職員がいった。ママ・イメルダは、いわれたとおりにした。ミゲルがしかたなく花びらをつまんだ瞬間、たくさんの花びらのつむじ風にまきこまれ、ミゲルの姿はふっと見えなくなった。

死者の国から消えると同時に、ミゲルはエルネスト・デラクルスの霊廟にもどっていた。かべにデラクルスのギターがある。ミゲルはギターをひったくった。

「広場のコンテストに行かなくっちゃ！」

とびらにむかってふみだした、そのとき……。

花びらのつむじ風が、ふたたび起きた。ミゲルは死者の国のオフィスにもどっていた。

ミゲルがあっという間に帰ってきたのを見て、家族はびっくりした。ミゲルは、自分がまだギターをかかえたポーズのままだと気づいた。が、ギターはない。音楽を演奏してはいけないと、ママ・イメルダが条件をつけたからだ。

「たったの二秒で、おまえは約束をやぶった！」

ママ・イメルダがしかった。

「こんなの不公平だ――ぼくの人生なんだから！」

ミゲルは反抗した。そうして、べつの花びらをつかんでいった。

「フリオおじさん、おじさんのゆるしをもらいたい。」

フリオおじさんは、ママ・イメルダの顔色をうかがった。そして首をふった。

ミゲルは、ほかの家族を見た。

「ロシータおばさん？　オスカルおじさん？　フェリペおじさん？　ビクトリアおばさん？」

みな首をふった。だれもママ・イメルダには、さからえないのだ。

「問題をややこしくしないでおくれ。あきらめて、あたしのいうことにしたがいなさい。」

ママ・イメルダはいった。

「そんなに音楽が大きらいなの？」

ミゲルの問いに、ママ・イメルダが答えた。

「おまえに、あの男とおなじ道を歩んでほしくないんだ。」

ミゲルは写真をとりだした。ひいひいおじいさんに目をこらした。顔の部分がやぶりとられている。

「ひいひいおじいさんと、おなじ道。」

ミゲルはつぶやいた。

「家族なのに……。」

「ママ・イメルダのいうとおりにしてちょうだい。」

ビクトリアおばさんが、必死にうったえた。

「ママ・イメルダは、おまえのことを考えていってるんだよ。」

と、オスカルおじさん。ロシータおばさんも、横からいいそえた。

「いうことをきいて。」

ミゲルは、おもむろに戸口にむかった。

「ちょっとトイレに行ってくる。すぐもどるから。」

家族はまゆをひそめ、ミゲルが出ていくのを見ていた。

職員が顔をあげた。

「あの子にいってやったほうがいい。死者の国には、トイレなんてないことを。」

10　脱走

この建物から出なくちゃ！　ミゲルはいそいで階段をおりていった。ダンテもいっしょに走っている。

一階につくと、ミゲルとダンテは階段のかげで身をよせあった。上を見ると、先祖たちが自分のことをさがしている。オスカルおじさんが女の警備員になにかいうと、彼女はすぐにトランシーバーをとりだした。

このままじゃ、見つかっちゃう。二度とギターをひけないなんて、冗談じゃない！　どこか、ここから逃げる場所はないかな？

見まわすと、回転ドアが目に入った。

「行こう。」

ダンテに声をかけると、ミゲルは顔をかくすためにフードを深くかぶった。ダンテをしたがえ、回転ドアにむかう。

「ミュージシャンになるには、ミュージシャンのゆるしが必要だ。ひいひいおじいさんを見つけなくちゃ。」

回転ドアに足をふみいれたそのとき、警備員がミゲルの前に立ちはだかった。

「待て、ぼうず。」

あわててにげようとしたひょうしにフードがぬげ、ミゲルの生者の顔があらわになった。

「ひゃあ！」

警備員がさけんだ。

ミゲルは彼の横を通りすぎようとしたが、だめだった。警備員のトランシーバーから、女の人の声がひびいた。

「生きている少年を見つけて！　家族がさがしているの！」

「その子なら、ここにいるぞ。」

警備員が答えたとき、供え物を山ほどかかえた大家族が回転ドアを通ってあらわれた。ミゲルと警備員のあいだをさえぎって、おしゃべりしながらぞろぞろと歩いていく。

逃げるチャンスだ！　ミゲルはダンテといっしょに建物の中にもどり、ろうかを走った。が、ダンテは急にむきを変え、ろうかにそった部屋のひとつを見ている。

「ダンテ！」

ミゲルはよんだ。ダンテの視線を追っていくと、部屋には「矯正局」と看板がかかっていた。ドアごしに、ふたりの男の話し声がする。

「……他人のふりをし、それがばれると、むりに橋をわたろうとした……。」

「それが法に違反してるってのか？」

もう一方の男が、くってかかった。先ほどつかまった男だろう。

「完全に違反だ。考えなおしたほうがいい、友人。」

役人らしき男がいった。

「友人？」

若いほうの男が、しずかにくりかえした。

「そのことばをきけて、うれしいよ。なぜなら、〈死者の日〉なのにつらいことばかりで……。今のおれに必要なのは、友人なんだよ。」

「ほう。」

役人がいった。

「友人は友人をたすける。このかべのポスター、エルネスト・デラクルスのサンライズ・コンサートのだろ？　明日の日の出の。デラクルスのファンなのかい？　おれは、やっとはむかしからの親友なんだ。コンサートの最前列の席を用意してやるよ。」

デラクルスのコンサート？　ミゲルはどきっとした。

「楽屋にもつれてってやろうか？　デラクルスに会わせてやるよ。だから、おれに橋をわたらせてくれ。」

矯正局の役人は、若者の申し出をきっぱり拒否した。

「〈死者の日〉のあいだ、あんたを監獄に入れとく義務がある。けど、わたしの勤務時間はもうすぐおわる。生者の世界に行って、一族の者に会いたい。だから、警告だけにしといてやろう。」

「せめて、おれの着てたドレスをかえしてくれないか？」

若者は、フリーダ・カーロの衣装を指さした。

「だめだ。」

若者はぷんぷんおこって部屋から出てきた。

ミゲルは、そのあとをついていった。若者は麦わら帽子をかぶり、首に赤いスカーフをまいている。むらさき色がかった上着は両そでがなく、かなりみすぼらしい感じだ。

「ねえ、ちょっと！　ほんとうに、エルネスト・デラクルスの親友なの？」

「なんの用――。」

若者はふりかえってミゲルを見るなり、顔色を変えた。

「ひえ～！　生きてる！」

「シーッ。」

ミゲルは若者をだまらせると、人目をさけるために、近くの電話ボックスにひきいれた。

「そうだ。ぼくは生きてる。生者の国にもどるには、エルネスト・デラクルスのゆるしが必要なんだ。」

「そいつは、みょうな話だな。」

「デラクルスは、ぼくのひいひいおじいさんだ。」

「なんだって？」

若者の顔から、あごががっくり落ちた。床に落ちる前に、ミゲルはあごをつかみ、若者の顔にもどしてやった。

「待て！　生者の国にもどるつもりなのか？」

若者にたずねられ、ミゲルはとまどった。

「まあ、そんないい場所じゃないけどね。」

若者は指を鳴らした。

「おれが手をかしてやる。だから、おまえもおれをたすけてくれ。たがいに協力しあうんだ！　けど、いちばんだいじなことは、おまえの力が必要だってことだ。」

ミゲルの目に、階段をおりてくる先祖たちの姿がうつった。ミゲルを見つけると、ママ・イメルダが突進してきた。

「ミゲル！」

ここでつかまるわけにはいかない。生者の国にもどされてしまう。それも、二度とギターをひかないという条件つきで。

若者はミゲルの先祖たちが近づいてくるのに気づかず、手をさしだした。

「おれはヘクターっていう。」

「いい名前だね。」

ミゲルはヘクターの手をつかむと、回転ドアにひっぱっていった。そのあとをダンテも追う。ミゲルたちは大いそぎでドアをぬけた。

ミゲルは、自分がヘクターのうでの骨だけをつかんでいることに気づいた。がい骨の残りの部分はない。

「ぼうず、待ってくれ！」

ヘクターがうしろから追っていった。

先祖たちは回転ドアをみんなでいっせいに通ろうとして、おしあいへしあいしている。ようやくドアをぬけて出たとき、すでにミゲルの姿はなかった。ママ・イメルダがさけんだ。

「このままじゃ、あの子は死んでしまう。ペピータにたすけてもらおう。」

ママ・イメルダは指笛を吹いた。と、大きな影がさっとみんなをおおい、つばさを持った巨大なヒョウがあらわれた。ヒョウは緑と青で、金色の目がらんらんと光っている。

「あの子がさわった花びらを、だれか持ってる?」

ママ・イメルダがたずねた。フリオおじさんが、花びらをペピータにさしだした。ペピータは花びらのにおいをかぐと、空に舞いあがった。

11　ヘクターとの約束

うす暗いトンネルのかげで、ミゲルは木箱にこしかけていた。そばでヘクターが、かがみこんでいる。

「いいからじっとしてろよ。ほら、顔をあげて。」

ヘクターは、ミゲルががい骨に見えるように細工をしているところだった。顔全体を白くし、鼻と目のまわりを黒くぬった。さらに、パーカーのそでから出ているうでも白くした。

「これでよし。死者に見えるぞ。」

ヘクターとミゲルは、にやりと笑い合った。

「いいか、ミゲル。生者の国と死者の国をむすぶのは、思い出だ。生きている者が死んだ者をおぼえていたら、祭壇に写真がかざられる。そしたら、おれたちは〈死者の日〉に橋をわたって、生者の国に行くことができるんだ。」

「あんたは橋をわたれないの？」

ミゲルはたずねた。

「だれも写真をかざってくれてないからな。だが、おまえなら、それを変えられる！」

ヘクターは、色あせた古い写真をミゲルに見せた。写真のヘクターは若く、長めの髪を横わけにしている。

「これは、あんた？」

「ハンサムだろ？」

「あんたがぼくを、ひいひいおじいさんに会わせてくれて、ぼくが生者の国に帰ったら、あんたの写真をかざる。そういうことだね？」

「すばらしい！　かしこい子だ。そうだ、そのとおり。」

ヘクターは声をはずませた。

「ただひとつ、問題がある――エルネスト・デラクルスに会うのは楽じゃない。それに、おれはすぐ橋をわたる必要がある。〈死者の日〉がおわらないうちに。おまえのほかの家族は、こっちにいないのかい？　その、もっとかんたんに会えるだれかが？」

「いないね。」

「からかうなよ。だれかいるはずだ。」

ヘクターは期待にみちた目で、ミゲルを見た。

「デラクルスだけだ。もし、あんたが手をかしてくれないんなら、ぼくはひとりでデラクルスをさがす。」

ミゲルは口笛を吹いてダンテをよび、トンネルを出ていこうとした。ダンテは忠実にあとにしたがう。

「わかった、わかったよ、ぼうず。ひいひいおじいさんのとこに、つれてってやるよ。」

ヘクターはミゲルの先に立ってトンネルを出ると、にぎやかな通りに入った。

「デラクルスはいそがしい男だから、ちょっとやそっとじゃ近づけないんだ。」

ミゲルは足をとめた。エルネスト・デラクルスのコンサートの大きな看板が目に入ったのだ。デラクルスの最大のヒット曲『リメンバー・ミー』が、どこかのスピーカーからながれてくる。

「サンライズ・コンサートだ！」

ミゲルはさけんだ。

「毎年(まいとし)、おまえのひいひいおじいさんは、〈死者(ししゃ)の日(ひ)〉のしめくくりにコンサートをひらくんだ。」

「そこにつれてってくれるんだね！」

「まあ、その……。」

「最前列(さいぜんれつ)の券(けん)を用意(ようい)できるんじゃなかった？」

ミゲルは息(いき)まいた。

「それは……うそも方便(ほうべん)ってやつだ。すまない。」

ミゲルはヘクターをにらんだ。

「おちつけよ。ちゃんとつれてってやるから。」

「どうやって？」

「コンサートのリハーサルをする場所(ばしょ)を知(し)ってるんだ。」

ヘクターはいった。

12　追跡

　ヘクターとミゲルは、大きな倉庫の前に立っていた。ヘクターは片うでをはずすと、それを三階の窓めがけてとばし、窓ガラスをたたいた。中にいた女の人が気づいて窓をあけ、上から声をかけた。

「かしてやったドレスを持ってきたんでしょうね、ヘクター！」

「やあ、セシ。」

　ヘクターはにんまりと笑うと、落ちてきたうでをもとのように肩にくっつけた。ヘクターとミゲルは、非常階段をのぼって三階にむかった。ダンテもあとからついてくる。

「こんにちは。」

　ミゲルは窓から部屋に入ると、あいさつをした。

　セシはマネキンに衣装を着せ、仮ぬいをしている最中だった。

「セシ、借りてたドレスは、なくしちまった——。」

ヘクターがいいかけると、セシがどなった。

「なんですって！　あんたのせいで、ひとり分足りなくなるじゃない！」

ふたりがいいあっているあいだ、ダンテはその部屋を出て、建物の中をうろついている。ミゲルはあとをついていった。中に大きなステージがあり、出演者たちがリハーサルの最中だった。

「そっちに行っちゃだめだよ。」

ミゲルはいったが、ダンテはにおいをクンクンかいでいる。ふいに、色あざやかな小さなサルの精霊があらわれ、ダンテの背にまたがった。ダンテがびっくりして走りだす。

「こら、ダンテ！　おいで！」

ミゲルはいそいで追いかけた。と、サルがいきなり、だれかの肩にとびうつった。フリーダ・カーロだ。それも変装したにせものではなく、本人だ。リハーサル用ステージの正面に立っていたフリーダは、ダンテとミゲルに気づいた。

「どうやってここに入ったの？」

「ぼくはただ、犬を追いかけて――。」

ダンテを見て、フリーダの目がまるくなる。

「まあ、めずらしい犬！　毛がないのね！　だれのたましいを、わたしのもとにはこんできたの？」

フリーダはダンテを精霊だと思ったらしい。

「ダンテは精霊じゃありません。」

ミゲルは答えた。

「死者の世界のアレブリヘには、さまざまな種類があるの。神秘的でパワフルなのよ。」

フリーダはミゲルをステージの正面につれていき、コンサートのリハーサルを見せた。

「あなたは観客よ。暗闇の中から……特大のパパイヤがあらわれるの！」

照明が、つくりものの巨大なパパイヤを照らす。

「パパイヤから、ダンサーたちが登場するの。みんな、わたしのかっこうをして。」

一本まゆで、レオタード姿のダンサーたちが、特大のパパイヤのまわりを舞った。

「それからダンサーたちは、サボテンの母親のおっぱいを飲むの。でも、それはおっぱいでなく、涙なのよ。単純明快でしょ?」

フリーダは感想をもとめた。

「音楽が必要だな。ノリのいい曲が。」

ミゲルが答えると、フリーダは指を鳴らして合図をした。バンドが楽しげな音楽を演奏しはじめた。バイオリンもくわわった。

ミゲルはうれしくなった。

フリーダはミゲルに身をかがめた。

「あなたは芸術家のたましいをもってるわ!」

ミゲルは思った。家族がここにいて、いまのフリーダのことばをきいてくれたらいいのに。ぼくは芸術家なんだ! 靴職人ではなく。

フリーダは、ふたたびステージを見た。

「ダンサーたちが退場し、音楽が消え、照明も消える。そして、エルネスト・デラクルスが登場する！」

ステージ下から、人影がせりあがってきた。

「デラクルスだって⁉」

ミゲルはさけんだ。やった！ ついに、ひいひいおじいさんに会える！

人影にスポットライトが当たった。よく見ると、デラクルス本人ではなく、マネキンだった。なーんだ。ミゲルはがっかりした。

「本物のエルネスト・デラクルスは、どこにいるんです？」

「デラクルスはリハーサルをしないの。いそがしい人だから。いまごろ、自分のタワー・マンションの最上階でパーティーをひらいているわ。」

フリーダは、遠くにそびえるひときわ高い建物を手でしめした。大きな窓が、きらきらかがやいている。

ふいに、ヘクターがあらわれた。

「ぼうず！　急に消えるなよ。行こう。有名人につきまとうな。」

けれど、ミゲルはいうことをきかなかった。

「ぼくのひいひいおじいさんがここにいるって、いったじゃないか！　でも、ほんとうは、街のむこう側で大きなパーティーの真っ最中だ。」

「まさか。やつは自分のリハーサルに出ないのか？」

「あんたがひいひいおじいさんと親友なら、どうしてパーティーによばれてないの？」

ミゲルがたずねると、ヘクターはミュージシャンたちに声をかけた。

「よう、グスタボ！　パーティーのこと知ってたか？」

「行けるのは、ひとにぎりの連中だけさ。お客のリストにのってなかったら、入れてもらえないんだぜ、ソーセージ。」

「ソーセージって？」

ミゲルはたずねた。

「そいつは、ソーセージをのどにつまらせて死んだんだ。」

グスタボがいうと、ほかのミュージシャンたちもいっしょになって笑った。ミゲルも笑わずにはいられなかった。

「つまらせたんじゃない。食中毒だ。そこんとこは大きなちがいだ。」

ヘクターは、むきになっていいはった。

ミュージシャンたちの笑いは、さらに大きくなった。グスタボがミゲルにいった。

「本気でエルネスト・デラクルスに会いたいなら、これからデラクルス広場でコンテストがあるから、出場してみたらどうだ？　それに勝ったら、デラクルスのパーティーで演奏できるぜ。」

「コンテスト？」

ミゲルはききかえし、両手を見た。すきとおっているのがひろがっていないか、たしかめるために。ほかの指も、すきとおりはじめている。ぐずぐずしている時間はない。

「だめだ、ぼうず。頭がまともなら、コンテストに出ようなんて――。」

ヘクターはとめたが、ミゲルの決心はかたかった。

「ぼくは、ひいひいおじいさんのゆるしを受ける必要があるんだ。どこに行けば、ギターが手に入る？」

ヘクターはため息をついた。

「心あたりはある……。」

死者の国は、すこしずつ闇につつまれようとしていた。

つばさのある大きなヒョウの精霊が空をよこぎり、トンネルの中におりたつと、木箱のにおいをかいだ。ヘクターに変装をほどこしてもらうとき、ミゲルがこしかけていた箱だ。精霊は低くうなった。

「うちの子を見つけたかい、ペピータ?」

ママ・イメルダがたずねた。ペピータは地面に鼻息をはいた。するとふしぎなことに、そこに人の足あとがかがやいた。

みんなは身をよせあって、足あとを見つめた。

「リベラ家でつくったブーツの靴底だ!」

フリオおじさんがいった。横から、オスカルおじさんがいいそえた。

「サイズは七……。」

「七・五だ。」

と、フェリペおじさん。

「靴底のへり方に特徴がある。」

ビクトリアおばさんが、専門家らしく口にした。

ペピータは、ふたたび鼻息をはいた。通りにつづく足あとが点々と見えた。

13　最後の死

　ミゲルはヘクターのあとについて、間に合わせの木の板でつくったようなぼろい通路を通り、急な階段をおりていった。

「ところで、なんでおまえはミュージシャンなんかになりたいんだ？」

　ヘクターにきかれ、ミゲルはむっとした。

「ぼくのひいひいおじいさんが、ミュージシャンだからだ。」

「赤の他人の前で、サルみたいに芸を見せるなんて、だれがしたがる？　おれはごめんだね。」

「あんたに、なにがわかる？　ところで、どこに行ったらギターが手に入るの？」

「もうすぐだ。」

　ヘクターは階段から地面にとびおりた。ふたりの前には、テントや小屋がごちゃごちゃならんだ一角があった。

ミゲルは、通りすがりの死者たちを見た。みな服を着ていないで、骨がむきだしになっている。

たき火をかこんでいた死者たちが、ヘクターを見た。

「いとこのヘクターじゃないか！」

「やあ、みんな！」

ヘクターは大きな笑みをうかべ、ひとりの男にうなずいた。その男は、鉄くずでできたバイオリンで音楽をかなでている。

「この人たちは、あんたの家族なの？」

ミゲルはたずねた。

「まあ、そういってもいいかな。おれたちは祭壇に写真をかざってもらえないから、家に帰れないんだ。ほとんど、わすれさられてる存在。わかるか？」

ヘクターの顔に、悲しげな影がよぎった。

「だからおれたち、おたがいをいとことよびあってる。あるいはおじさんとか。」

木箱をかこんで、三人の老婦人がトランプをしている。ヘクターとミゲルはそちらに近づいた。

「ヘクター！」

ひとりが声をかけた。

「チェロおばさん！　チチャロンは？　いっしょじゃないの？」

「テントにいるよ。ただし、お客をむかえるような気分じゃないかもね。」

「いとこのヘクターの訪問を、よろこばないやつがいるかい？」

ヘクターは、かってにずかずかとテントに入ると、カーテンを手でおさえて、ミゲルとダンテを先に通した。

中はきゅうくつで、暗くひっそりとしており、あちこちにものがつみかさねられている。かたすみにハンモックがかかっていた。ヘクターは、ハンモックの上のほこりだらけの帽子を持ちあげた。ひとりの死者が横たわっている。友人のチチャロンだろう。

「やあ、チチャロン。」

「おまえのアホ面なんぞ、見たくないよ、ヘクター。とっとと出ていけ！」

「おいおい。〈死者の日〉だぞ。じつは、ちょっとした頼みごとがあるんだ。おれと、ここにいる友人のミゲル。おれたちは、あんたのギターを借りたいんだよ。」

「わしのギター?」

チチャロンは、ハンモックにゆられたまま鼻を鳴らした。

「ちゃんとかえすって約束するから。」

ヘクターがいうと、チチャロンは体を起こした。

「おまえが、わしの車をかえすと約束したときのように?」

「う……。」

ヘクターはことばにつまった。

「それとも、わしの足の骨や投げなわのときのように?」

「今度こそ、かえすよ!」

「わしの骨はどこにいった?」

チチャロンはヘクターに指をつきつけた。そのとき、ハンモックの中でがい骨が金色にかがやいた。チチャロンがうめく。

「わかった、わかったよ。友人。」

ヘクターがハンモックにかけよると、チチャロンは深いため息をついた。

「わしは弱ってきている。自分でもわかってるよ。」

チチャロンはギターを見やった。

「ギターをひきたくても、もうむりなんだ、ヘクター。なにかひいてくれないか？」

ヘクターがギターを……？　ミゲルには初耳だった。

「おれがもうギターをやめたこと、知ってるだろ？　この子のために借りたいんだ。」

「ギターを借りたいんなら、わしのいうことをきけ。」

「わかった。なにがいい？」

ヘクターは、そろそろとギターに手をのばした。

チチャロンは笑った。

「わしのお気に入りの曲は知ってるだろ、ヘクター。」

ヘクターはにやりと笑い、ギターをひきはじめた。やさしい音色で恋の歌をうたう。チチャロンはにっこり笑った。心がやすらかになってきたようだ。

　ヘクターの演奏をきいて、ミゲルはびっくりした。ヘクターがミュージシャンだとは――それも、こんなにじょうずだったとは！　なんでギターをやめてしまったんだろう？

「思い出がよみがえるよ。ありがとう。」

　演奏がおわると、チチャロンはそうつぶやき、目をとじた。

　ふいに、チチャロンの骨が、やわらかな美しい光につつまれた。ヘクターは泣きそうな顔になった。やがて、チチャロンの姿は消えていった。

「ちょっと、なにが起きたの？」

　わけがわからず、ミゲルはたずねた。

「チチャロンは、わすれさられたんだ。生者の世界で、彼のことを思い出す人がひとりもいなくなると、死者の世界からも消えていく。おれたちは、それを〈最後の死〉とよんでいる。」

「チチャロンはどこに行ったの？」

「そいつは、だれにもわからない。」

ミゲルの頭に、あることがひらめいた。

「でも、ぼくはチチャロンに会った。生者の世界にもどったら、彼のことを思い出せる。」

「いや、そういうことじゃないんだ、ぼうず。おれたちの思い出は、おれらの生きていたころを知っている人々によって、受けつがれないといけないんだ。チチャロンのことをおぼえている者が、もうだれもいないっていうことだ。」

ミゲルは口をつぐんだ。ぼくは、先祖たちの思い出をしっかり受けつがないと。

ヘクターがミゲルの背中にそっと手をおき、ふいに陽気な声をあげた。

「最後はみんな、そうなるんだ。」

ヘクターはミゲルにギターをわたした。

「これでコンテストに出て、勝ってくれ。」

14　いよいよステージに

ヘクターとミゲルはケーブルカーにのり、空中をすすんでいった。

「あんたはミュージシャンだったんだね！　それなのにミュージシャンがきらいだなんて。」

ミゲルはヘクターをせめた。

「どうしておれが、おまえのひいひいおじいさんを知ってると思う？　かつて、いっしょに演奏した仲なんだ。あいつは、おれが育てたんだ。」

ヘクターは、ギターをポロンとかなでた。

「冗談でしょ？　エルネスト・デラクルスと演奏してたなんて！　時代をこえた、もっとも偉大なミュージシャンと？」

「ハ、ハ！」

ヘクターは笑った。

「偉大なまゆ毛のまちがいじゃないか？　やつの音楽は、そんなたいしたもんじゃない。」

「なにをいってるか、自分でわかってるの？」

ミゲルはむっとした。やがて、ケーブルカーは駅についた。

「デラクルス広場にようこそ！」

ヘクターがつげた。広場の中央に、エルネスト・デラクルスの巨大な銅像が立っている。

「ショータイムだ、ぼうず。」

ヘクターはミゲルにギターをわたした。

ミゲルは、広場に設けられた特設ステージを見やった。そこでは女性の司会者が、観客によびかけている。

「みなさん、ようこそ！　心の準備はできていますか？　バンドやソロのミュージシャンの戦いよ。勝者は今夜、エルネスト・デラクルスの前で演奏できます。彼のパーティーで！」

観客は喝采をあげた。

「では、コンテストをはじめましょう!」

次々とステージに参加者があらわれた。どの顔ぶれも、ミゲルがこれまで知っているミュージシャンたちとはちがっていた。チューバやバイオリンの演奏、ヘビーメタルのバンド、犬たちのオーケストラ、アコーディオンをひく尼さんたち。

ミゲルとヘクターは参加の手つづきをし、ステージのうらにまわった。

「で、なにを演奏するつもりなんだ?」

ヘクターがたずねた。

「きまってるさ。『リメンバー・ミー』だ。」

ミゲルは、歌の出だしをギターでひいた。と、ヘクターがギターを手でおさえた。

「いや、いや、そいつはだめだ。」

ヘクターの声は真剣だった。

「どうして? デラクルスのいちばん有名な曲じゃないか!」

「有名すぎるからだ。」

ふとまわりを見ると、たしかに多くのミュージシャンが『リメンバー・ミー』を練習している。

「だったら……。」

ミゲルは考えこんだ。

「『ウン・ポコ・ロコ』は？」

「それでいこう！」

係員がミゲルに近づいた。

「ミニ・デラクルス？」

ミゲルの偽名だ。ミゲルはうなずいた。

「もうすぐ、あなたの出番です。スタンバイしてください！」

係員は次に、バンドに声をかけた。

「ロス・チャチャラコスのみなさん、出番です。」

管楽器のバンドがステージにあがった。サックス、トランペット、トロンボーンの演奏に、客席がもりあがる。歓声が高まった。

ミゲルはステージをのぞいた。観客の熱狂ぶりを見て、気力がなえた。こいつは、かないそうにない。気分が落ちこみ、せわしなく歩きまわる。

「演奏前はいつも、そんなにおちつきがないのか？」

　ヘクターがたずねた。

「人前で演奏するのは、これがはじめてなんだ。」

「なんだって？　ミュージシャンだといってたじゃないか！」

「うそじゃない！　そうなるはずなんだ。コンテストに優勝したなら！」

「なんてこった！　だったら絶対に優勝しないと！　ミゲル、おれはおまえに勝ってほしいんだ。おまえの人生は文字どおり、コンテストの結果にかかってる。それなのに、人前で演奏したことがない？」

　自分の人生が、このコンテストにかかってる？　ふいに、ミゲルは恐怖におそわれた。

　そんなミゲルを見て、ヘクターがいった。

「おれが、かわりに出るよ。」

「だめだ！　ぼくがやる！」

「なぜだ？」

「ぼくが出て演奏しなかったら、自分をミュージシャンとはよべないだろ？」

「それが、そんなにだいじなのか？」

「エルネスト・デラクルスに会うためだけじゃない。証明したいんだ。彼のゆるしに値する人間だと。」

「ほう。わかった。どうしてもやりたいんだな？　だったら演奏しろ。まず、きんちょうをとけ。リラックスしろ。最高のさけびをきかせてくれ！」

「最高のさけび？」

ミゲルは首をかしげた。

「大声でうたうんだ。気分がいいぞ。ほれ、やってみろ。」

そうかな？　ミゲルは半信半疑で、大声を出してみた。

「それでいいんだ、ぼうず。」

ステージではバンドが拍手につつまれ、演奏をおえていた。

「ミニ・デラクルス、出番です！」

係員がよんだ。

「ミゲル、おれを見ろ。」

ヘクターがいった。

「早くしてください。」

係員がせかす。

「おれを見ろ。」

ヘクターがくりかえし、ミゲルはようやく顔をあげて彼を見た。

「おまえならやれる。みんなの目と耳をひきつけろ。チャンスを逃すな！」

ミゲルはギターを手に、ステージにむかった。

「みんなの心にうったえろ、ぼうず！　チャンスをつかむんだ！」

ヘクターが声をはりあげた。

照明がまぶしくて、ミゲルは目を細めた。観客席を見ると、みなミゲルに注目している。ミゲルはふたたび恐怖におそわれ、ぼうぜんと立ちつくした。

15　生きている子をさがせ

ステージ横のヘクターは、ダンテに話しかけた。

「あいつ、なにしてるんだ？　なんで演奏しない？」

ミゲルは、ステージでかたまったままだ。観客は待ちきれず、客席で体をゆすっている。

「演奏しないなら帰れ！」

だれかがさけんだ。ミゲルはたすけをもとめるように、舞台そでを見た。ヘクターが身ぶり手ぶりで、大きな声を出せ、とつたえている。ミゲルは思いきり息をすうと……。

「ハアアアアイ、ヤアアアアアアイ、ヤアアアアアアイ！」

腹の底からさけんだ。

観客はびっくりした。が、次の瞬間、口笛や歓声でこたえた。ミゲルのようにさけぶ者もいる。

ミゲルはギターに片手をおき、『ウン・ポコ・ロコ』の出だしの部分をひきだした。そして、うたった。最初のフレーズをうたいおわるころには、観客は総立ちになっていた。

ふいに、ダンテがステージにあらわれた。ヘクターの片足をくわえて、ミゲルのそばまでひっぱっていこうとしている。ヘクターは抵抗していたが、やがてあきらめたらしい。スポットライトの中に立つと、ミゲルのギターに合わせてステップをふみだした。

「死者にしては、わるくないよ。」

ミゲルがヘクターにいった。

「おまえもわるくないぞ。」

ヘクターも、観客の手拍子に負けないよう大声をあげた。

そのとき——ミゲルは知らなかったが——、観客席のおくにリベラ家の先祖たちがあらわれた。光る足あとを、ヒョウの精霊ペピータが追ってきたのだ。

「近くにあの子がいる。見つけよう。」

ママ・イメルダの声をきっかけに、先祖たちはひろがり、散っていった。

「生者の国からきた子をさがしてるんだ。年は十二歳。」

フェリペおじさんとオスカルおじさんが、声をそろえて観客にたずねた。ロシータおばさんも、きいてまわった。

「生きている男の子を見ませんでした？」

ミゲルの先祖たちは、ステージで演奏しているミゲルには、なんの注意もはらわなかった。死者の扮装をしていたからだ。その横にいる若い男、ヘクターのことも、ちらとも見なかった。

ヘクターはますますノリにのって、関節を自由にうごかし、独特のダンスをおどっている。頭がぴょこぴょこうごき、手足がくるくる回転した。観客もますます熱狂した。

ヘクターとミゲルは息の合ったかけ声とともに、演奏とダンスをおえた。拍手喝采だ。

ミゲルはうれしくて、にっこり笑った。本物のミュージシャンになった気分だ。

「よくやった。ほこらしいよ。」

ヘクターも肩で息をしながら、にっこり笑ってつげた。

ミゲルは、観客の熱狂が信じられないでいた。この拍手が、自分にむけてのものだなんて！　そう思って観客席を見わたした――そのとたん、ぞっとした。

ま、まさか？　あそこにいるのは、ご先祖さまたち？　ステージのむこう側では、フリオおじさんが司会者と話している。

「アンコール！　アンコール！」

観客たちはせがんだ。が、ミゲルはあわててヘクターをつかみ、ステージからおりようとした。

「ここを出なくちゃ！」

ミゲルは、せっぱつまった声でいった。

「ぼうず、いかれちまったのかい？　コンテストの勝ちは決まったようなものなのに。」

ヘクターは、ステージからうごこうとしなかった。

と、そのとき、司会者の声がした。

「みなさま、緊急のお知らせがあります。」

なにごとだ？　観客はきょとんとした。

「生きている少年をさがしてください。名前はミゲルです。夕方、その子は死者の国にまぎれこみ、先祖のもとから逃げました。先祖は、とても心配しています。」

観客席がざわついた。

「心あたりの方は、当局までご連絡ください。」

ヘクターの目がまるくなった。

「なんだって？　おい、おまえはいったじゃないか！　エルネスト・デラクルスだけが、ただひとりの先祖だって。おまえを生者の国に送りかえしてくれるのは、デラクルスしかいないって！」

「ほかにも先祖はいたんだ。でも――。」

ミゲルは説明しようとした。

「家族は音楽をにくんでる。だからぼくには、ミュージシャンの先祖のゆるしが必要なんだよ。」

「うそをついたな！」

ヘクターはどなった。

「おれを見ろ。おれは、わすれられかけてるんだ、ミゲル。朝までもつかもあやしい。あの橋をわたる最後のチャンスを逃したくないんだ。おまえのくだらない夢なんかのために！」

「くだらなくない！」

ミゲルはいいかえしたが、ヘクターはミゲルのうでをつかんで、先祖のほうにひっぱっていった。

「はなしてよ！」

ミゲルは抵抗し、体をよじった。

「あんたは、ぼくをたすけたいんじゃない。自分のことしか頭にないんだ！　写真のことしか！」

ミゲルはヘクターの写真をポケットからとりだし、投げつけた。ヘクターはあわてて手をのばしたが、写真は観客席のほうにひらひら舞っていった。

「そんな！」

ヘクターは泣きそうになった。あの写真は、自分のことを思い出してもらえる、最後の頼みの綱なのに。

ヘクターが写真をとりもどしにいったすきに、ミゲルは逃げた。

ようやく写真を手にすると、ヘクターはミゲルをさがした。

「おい、ぼうず！　どこに行った？　おれがわるかった。もどってきてくれ！」

16 ママ・イメルダの執念

ダンテはミゲルを追いかけながら、ちらりとヘクターをふりかえった。ミゲルの注意をひこうと、ワンと鳴いた。

「ダンテ、だまれ！」

ミゲルはしかったが、ダンテは鳴くのをやめず、ミゲルのズボンをひっぱって立ちどまらせようとした。ヘクターのもとにもどれ、というかのように。

「よせ、ダンテ！　よせったら！　ヘクターじゃ、ぼくをすくえないんだ！」

ダンテは今度は、ミゲルのパーカーのすそをくわえた。ミゲルはふりはらおうとしたが、ずるずるとパーカーがぬげ、うでがむきだしになった。

「ダンテ、やめろ！　ぼくからはなれろ！　おまえは精霊じゃない。ただの犬だ。とっと消えうせろ！」

ミゲルはパーカーを、ダンテの口からひきはがした。

少年と犬のいさかいは、道行く人々の興味をひいた。みんなは、ミゲルのあらわになったうでを見て、ぎょっとした。白い骨じゃない！　あれは生者のうでだ！

「あの子だ！　生きてるぞ！　例の生者だ！」

ミゲルはいそいで逃げだした。かなたに、エルネスト・デラクルスのタワー・マンションが見える。そちらにむかって走ったが、ペピータが行く手をさえぎるように、ミゲルの前におりたった。

「ひゃあ！」

つばさのある大きなヒョウを見て、ミゲルは悲鳴をあげた。さらにわるいことに、ヒョウの背にママ・イメルダがのっているではないか。

「猿芝居はおわりだよ、ミゲル！　ゆるしをあげるから、さっさと生者の国にお帰り！」

「ママ・イメルダの祝福はいらない！」

ミゲルはかけだそうとしたが、ペピータのするどいかぎづめにつかまれ、宙づりになった。

「おろしてよ！　おろして！」

ミゲルは必死に身をよじった。ヒョウのかぎづめから逃れ、地面にドスンと落ちた。それでもなんとか立ちあがると、せまい路地の階段をかけのぼった。

「ミゲル、待ちなさい！」

ママ・イメルダはペピータからおり、階段をのぼりはじめた。

「もどっておいで、ミゲル！」

ミゲルは鉄の門のすきまをくぐりぬけた。ママ・イメルダは門の手前でさけんだ。

「おまえの命をたすけてやろうとしてるのに！」

「ママ・イメルダは、ぼくの人生をほろぼそうとしてるんだ！」

「なんだって？」

「音楽だけが、ぼくをしあわせにしてくれる。それなのに――ママ・イメルダは、ミュージシャンへの道をぼくからうばおうとしてる！」

ミゲルはさらにつづけた。

「どうせぼくの気持ちなんか、絶対にわからないだろうけど。」

そのときだった。

とつぜん、きれいに澄んだ歌声がきこえてきた。

♪ 命さえ惜しくない
　あなたのためなら ♪

ミゲルは息をのみ、その場に立ちつくした。声の主をぼうぜんと見つめる。

信じられない！　うたっているのは、なんとママ・イメルダではないか！　あの音楽ぎらいのママ・イメルダが、こんなに歌がじょうずだったとは。

「ママ・イメルダは、音楽をにくんでいると思ってたのに。」

「大好きだとも。夫が演奏して、あたしがうたうときの、あの感情をわすれてはいない。あれほどたいせつにしていた瞬間はなかった。」

ママ・イメルダはしずかに笑った。

「けれど、娘のココが生まれたとき、音楽よりたいせつなものができた。でも、夫は音楽で世に出たがっていたんだ。」

そこで、ことばがとぎれた。遠いむかしの思い出にひたっているかのように。

「あたしと夫の道はすれちがった。そして、おたがいに犠牲をはらった。家族と音楽、ふたつ同時に手にすることはできない。さあ、おまえもどっちか決めなくちゃいけないよ。」

「でも、ぼくは決めたくない。音楽をえらんだら、死者の国で死んじゃうんでしょ？　どっちか、えらべないよ。ママ・イメルダに賛成してほしいんだ。どうせ、してくれないだろうけど。家族って、ささえあうものなんじゃない？　でも、うちはちがう。」

ミゲルは涙をぬぐった。話している途中で、涙が出てきたのだ。そしてママ・イメルダがなにかをいう前に、背をむけ、せまい階段をのぼっていった。

17　パーティー会場に

エルネスト・デラクルスのタワー・マンションの前には、リムジンや高級車がならび、おしゃれをした客たちが列をなしている。客を通すのは、黒服をまとったがい骨たちだ。先頭にいたカップルが、黒服に招待状を見せた。

「ようこそ。お楽しみください。」

黒服は、カップルをケーブルカーに案内した。それにのって、タワーのてっぺんまで行くらしい。

ミゲルは客たちの先頭までかけていき、人々の列にわりこんだ。黒服がミゲルを見おろした。

「招待状は？」

「関係ない。デラクルスは、ぼくのひいひいおじいさんなんだから。」

そのことばを印象づけるために、ミゲルはギターをかかえて、いかにもデラクルスらしいポーズをとった。が、次の瞬間、黒服に投げとばされてしまった。

起きあがると、ミゲルは体をはたいた。ちぇっ、デラクルスの子孫に、なんてことするんだ！

そのとき、バンドが車から楽器をおろしている姿が目に入った。先ほどのコンテストでミゲルの前に出演した、ロス・チャチャラコスのメンバーだ。ここにくるということは、コンテストで優勝したにちがいない。ミゲルはバンドのもとにいそいだ。

「失礼。」

ミゲルは声をかけた。

「みんな、『ウン・ポコ・ロコ』を演奏した子だ。」

バンドのリーダーがいうと、ほかのバンドマンたちがミゲルのまわりにあつまった。

「きみ、今夜はすごかったぞ。」

ひとりがいった。

「あなたたちも、すばらしかった。じつは、ミュージシャン同士のよしみで、頼みがあるんだけど――。」

数分後、バンドのリーダーは黒服に招待状をさしだした。

「コンテストの優勝者か！　おめでとう！」

ロス・チャチャラコスは一団となって、タワーのてっぺんに行くケーブルカーにのりこんだ。メンバーのひとりが、スーザフォンというとりわけ大きな楽器をはこんでいる。ケーブルカーがのぼりはじめると、そのメンバーは楽器を吹いた。音とともに、大きならっぱの部分からミゲルがとびだした。

いちばん上の階についた。ケーブルカーのドアがあき、エルネスト・デラクルスの屋敷があらわれた。ミゲルは目をみはった。なんて、豪華で大きな家なんだろう。さすが、世紀の大歌手だ。

バンドのリーダーが、ミゲルに声をかけた。

「じゃあ、これで。パーティーを楽しんでくれ。」

「ありがとう！」

中に入れてくれたバンドのみんなに、ミゲルはお礼をいった。

パーティー会場は、それぞれグラスを手にした死者たちであふれていた。みな、せいいっぱい着かざっている。会場の真ん中には、ギターの形をしたプールがあり、シャンデリアの明かりを反射して、水面がきらきらかがやいている。

「見ろ、デラクルスだ。」

だれかが声をあげた。ミゲルは声のしたほうを見た。

いた、あこがれのエルネスト・デラクルスが――ひいひいおじいさんが！　メキシカンハットをかぶり、広場の銅像そのままの姿で。ただちがうのは、服を着て帽子をかぶっているのが、がい骨だという点だが。

ミゲルは人波をかきわけ、デラクルスに近づこうとした。

「デラクルスさん！　すみません、デラクルスさん！」

客たちをひじでおしのけているうちに、気づいたら、だだっ広いホールの一角にいた。

周囲のかべにはいくつものスクリーンがあり、デラクルスが出た映画のシーンがながされている。もちろん、ミゲルにはどれもおなじみの映画ばかりだ。
あるシーンが、ミゲルの目をとらえた。ひとりの尼さんが、デラクルスに話しかけている場面だ。

『でも、父さんは耳をかしてくれないんです。』

『音楽ならきくでしょう。』

そのセリフが、ミゲルを勇気づけた。なんとしても、チャンスをものにしなくっちゃ。デラクルスに自分の演奏をきいてもらい、ゆるしを受けなくては。

大きな階段を見つけ、ステージになっている高い場所にのぼっていった。客たちの上に立つと、深呼吸をし、できるだけ大声でさけんだ。

「アーイヤイヤイヤ！」

ミゲルの声がホールにひびき、かべにはねかえった。客たちはそろって、ミゲルに目をやった。ディスクジョッキーは音楽をとめた。

みんなの視線を感じながら、ミゲルはギターをかき鳴らし、うたいはじめた。客たちはしずまりかえった。ギターとミゲルの歌声だけがひびいている。

♪ みなさん、ようこそ
　こんにちは、こんばんは ♪

うたいながら、ミゲルはステージをおり、ホールを歩いていった。人波がわれ、ミゲルはエルネスト・デラクルスのもとに近づいた。

ついに、あこがれの人に会うことができた！

ミゲルはさらに足をふみだし、そして——バシャッ！　そのまま、プールに落ちてしまった。

18　あこがれの人との対面

エルネスト・デラクルスはそでをめくりあげると、ためらいもせずプールにとびこんだ。水にむせぶミゲルをつかみ、プールのはしまでつれていく。

「だいじょうぶかい？」

デラクルスに声をかけられ、ミゲルは顔をあげた。せっかく、うまくいきかけてたのに。ぼくって、なんてドジなんだろう。みじめな気持ちでいっぱいだった。

白黒の顔の化粧が、プールの水ですっかりながれおちてしまっている。生者だ！　客たちは息をのみ、デラクルスの目がまるくなった。

「この子だ！　生者の国からきたというのは。」

デラクルスがいった。

「ぼ、ぼくのこと、知ってるんですか？」

ミゲルはおずおずとたずねた。

「みんなのうわさの的だ。どうしてここにきた？」

「ぼくはミゲル。あなたはぼくの、ひいひいおじいさんなんです。」

周囲にざわめきがひろがった。デラクルスはショックを受け、のけぞった。むりもない。いきなり生きている少年があらわれ、自分の子孫だと名のったのだから。

「わしに、子孫がいたって？」

「ぼくには、あなたのゆるしが必要なんです。そうしたら家にもどって、あなたみたいなミュージシャンになれる。家族のみんなは反対してるけど、あなたは賛成してくれるといいな。」

長い沈黙がつづいた。

「きみのように才能ある少年に、賛成しないわけがない。」

エルネスト・デラクルスは、ミゲルをぎゅっとだきしめた。それから、ミゲルをかつぎあげて肩にのせた。

「わしに、子孫がいたんだ！」

パーティー会場が喝采につつまれた。

いっぽう、タワーの下では、フリーダ・カーロが黒服の前にあらわれた。

だれかがさけんだ。

「ほら見て、フリーダだ！」

「ええ、わたしはフリーダ・カーロよ。」

あの有名なアーティスト！　黒服はさっとあとずさり、招待状を見ることもなく、彼女をケーブルカーに案内した。フリーダが中にのると、ドアがしまり、タワーにむかった。

ふう、やれやれ。今度は、ばれずにすんだぞ。フリーダに変装していたのは、ヘクターだった。

ミゲルは時間をわすれて、デラクルスや客たちと楽しく話していた。伝説的な歌手がいろいろな人に自分を紹介してくれるたび、うれしくて胸がはちきれそうだった。

豪邸の大きなホールのすみで、ミゲルとデラクルスは豪華なソファーにすわり、かべのスクリーンにうつされている映画を見た。お気に入りの映画の一本がながされると、ミゲルは涙をこらえきれなかった。スクリーンでは、ドン・イダルゴという悪役が、デラクルス演じる友人と乾杯しようとしている。

ミゲルは立ちあがり、映画のつづきを演じてみせた。

『おまえのためなら、なんでもしよう。友人！ 乾杯！』

と、悪役のセリフを口にした。デラクルスはおもしろがって見ている。スクリーンでも、ドン・イダルゴが「乾杯！」と声をあげた。そして、ふいに、友人が酒をはきだした。

「毒だ！」

スクリーンからながれる声に合わせ、ミゲルもさけんだ。悪役と友人のけんかがはじまった。

争いの場面がおわると、デラクルスは祭壇のある部屋にミゲルをつれていった。祭壇には、生者からの贈り物があふれていた。

「これはみんな、生者の国にいる、わしのファンからのプレゼントなんだよ。」

ミゲルは部屋を見わたし、自分の家の祭壇を思った。ひいおばあさんのココがおさないころの写真を。ココは、父親の顔を知らずに育った。写真がやぶられていたからだ。

ミゲルは思った。もし、自分もココの父親のようになったら？　家族の反対をおしきって、音楽をえらんだら？　自分の写真もやぶられてしまうのだろうか？

そんなことを考えていると、デラクルスがミゲルの目をのぞきこんだ。

「どうかしたのか？　プレゼントのあまりの多さに、げんなりしたか？」

「そんなことない。すばらしいです。」

「でも？」

デラクルスが、ミゲルの心を読んだかのようにたずねた。

「ぼくはこれまでずっと、あなたを尊敬してきました。ほんとうに尊敬に値する人です。でも、後悔したことはないんですか？　音楽のためにすべてを犠牲にして。」

デラクルスはため息をついた。

「楽ではなかったよ、サンタ・セシリアの街にわかれをつげるのは。自分の……。」

「家族をすてるのは？」

ミゲルは先をひきとった。

「そうだ。だが、わしにはこの道しかなかった。」

デラクルスはいった。

「さだめられた道を行く者を、だれも否定はできない。そしておまえ、わしの子孫は、ミュージシャンになるさだめなんだ。」

ようやく、ぼくの夢をわかってくれる人がいた！　ミゲルは胸がじーんと熱くなった。さすが、ひいひいおじいさん！

「おまえとわしは、アーティストだ。ミゲル！　家族にしばられることはない。世界が、わしらの家族なんだ！」

19　おそろしい真実

ドーン！　大きな音をたてて、花火が夜空にうちあがった。花火を見に、客たちはベランダにうつったため、ホールはがらんとしていた。

デラクルスとミゲルは階段をおりて、人気のないホールに入った。

「すぐに、パーティーは街の反対側に移動する。わしのサンライズ・コンサートがはじまるからな。ミゲル、コンサートにこい。おまえは、わしの招待客だ。」

ミゲルの目がかがやいた。

「ほんとに？」

「もちろんさ！」

ミゲルは胸がわくわくしてきた。が、次の瞬間、よろこびがシューッとしぼんでいった。

「残念だけど、行けないや。日がのぼる前に、家に帰らないといけないんだ。」

と、悲しげにいった。

「そうだったな、おまえを家にもどしてやらんと。」

デラクルスは花びんからマリーゴールドの花びらをつまむと、ミゲルの前にさしだした。

「ゆるしをあたえられるのは、名誉なことだ。おまえを見送れないのは残念だがね。おまえが死者だったらよかったのに。どういう意味かわかるだろ？　ミゲル、おまえにわしのゆるしを――。」

「ちょっと待った！」

いきなり声がした。ミゲルとデラクルスはふりむいたが、人影は見えない。

「だれだ？　なぜ、じゃまをする？」

デラクルスがたずねた。

と、暗がりからヘクターがあらわれた。フリーダ・カーロに変装したままだ。

「ああ、フリーダ。こられないかと思ったんだが。」

デラクルスがむかえると、ヘクターはかつらとドレスをむしりとった。

「ミゲル、おれの写真を生者の世界に持ってってくれるって、いったじゃないか。約束したろ？」

ヘクターはふたりに近づいた。ミゲルはあとずさった。その肩をまもるようにデラクルスがささえ、ミゲルにささやいた。

「この男を知ってるのか？」

「今夜、会ったばかりです。彼は、あなたを知ってるようですよ。」

ヘクターは写真を手に、前に出た。デラクルスは、すぐに相手が何者か気づいたらしい。

「ヘクター？」

ヘクターは、デラクルスを無視した。

「たのむ、ミゲル。おれの写真を持ってってくれ。」

そういって、ミゲルの手に写真をおしつけようとした。が、デラクルスがそれをさえぎった。横から写真をうばったのだ。ヘクターは、すでに消えかけている。

デラクルスは、ぎょっとした顔になった。

「友人、おまえは――わすれられかけてるじゃないか。」

「だれのせいだと思う？」

ヘクターはぴしゃりといった。

「おれの歌をぬすんだじゃないか、デラクルス。おれの歌で、おまえは有名になった！」

「なんだって？」

ミゲルは耳をうたがった。

「おれがわすれられかけてるとしたら、それはおまえが、ほんとのことをだれにもいわなかったせいだ。歌をつくったのは、おれだということを！」

「そんなばかな！　デラクルスは、全部自分で曲をつくったんだよ！」

ミゲルは横から口をはさんだ。

ヘクターは、デラクルスをにらんだ。

「おまえから真実をいうか？　それとも、おれから？」

「ヘクター。わしはけっして、手がらを横取りするつもりはなかったんだ。わしたちは、すばらしいデュオだった。けど、おまえが死んだから、わしはひとりでおまえの歌をうたった。ふたりの友情をだいじにしたかったからだ。」

「そいつはすばらしい。」

ヘクターが皮肉を口にした。

「ふたりは、ほんとにデュオだったの？」

と、ミゲル。

「すんだことはもういい。たのむから、おれの写真を持っててくれ、ミゲル。そうすれば、おれは橋をわたれる。いとしいわが子に会えるんだ。」

ヘクターは、次にデラクルスに顔をむけた。

「おぼえてるか？　おれが姿を消した夜、おまえがなんといったか？」

デラクルスは、ためらいがちに答えた。

「……遠いむかしのことだから。」

「おれたちは、いっしょに飲んでいた。そして、おまえはいった。『おまえのためなら、なんでもしよう。友人！』と。それをいま、おれはおまえに頼みたいんだ。」

「なんでもしよう？　それ、映画の中のせりふだ。ドン・イダルゴの乾杯のときのことばだ。」

ミゲルが口をはさんだ。

「おれは現実の話をしてるんだ、ミゲル。」

ヘクターがいった。

「その場面なら、そこにある。」

ミゲルは、部屋のかべにならんでいるスクリーンのひとつを指さした。そこではまさに、ミゲルのいうシーンがふたたびながれていた。おなじ映画が何度もくりかえされているからだ。

さっきミゲルが演じてみせた乾杯の場面――毒を盛られる場面を、ヘクターはじっと見つめた。

「映画の中では、ドン・イダルゴは飲み物に毒を入れてたんだ。」

ミゲルは説明した。

映画では、ドン・イダルゴが『乾杯！』と声をはりあげ、ふたりの男は酒を飲んだ。すると、デラクルス演じる友人が酒をはきだした。

『毒だ！』

彼はさけび、ふたりは取っ組み合いとなった。

ヘクターは画面から目をそらし、目の前にいるデラクルスを見ていった。

「あの夜……おれは故郷にもどろうとした……。」

ヘクターは遠い目をして、語りはじめた。


ふたりは演奏旅行に出ていた。が、月日がたつにつれ、ヘクターは家族が恋しくてならなくなった。そこでスーツケースに自分でつくった歌の楽譜をつめ、ギターケースを手にして家に帰ろうとした。デラクルスが声をかけた。

『あきらめるのか？　もうすこしで、夢がかないそうだというのに？』

『それはおまえの夢だ。自分でかなえろ。』

と、若き日のヘクターはいった。

『おまえの歌がなきゃ、夢はかなわない、ヘクター。』

デラクルスはそういい、ヘクターを思いとどまらせようとした。

『おれは家に帰るよ、エルネスト。好きなだけ、うらんでくれてかまわない。でも、おれの心は決まってる。』

デラクルスは、しだいにじれてきた。が、自分で自分をなだめ、笑顔をうかべた。

『うらむわけないだろ？　おまえが行くっていうなら、おわかれの乾杯をしよう！』

デラクルスはヘクターに背をむけて酒を二杯つぎ、グラスのひとつをわたした。

『われわれの友情に。おまえのためなら、な

んでもしよう。友人！　乾杯！』

　ふたりは酒を飲んだ。

　デラクルスはヘクターを送って駅まで行った。が、歩いている途中、ヘクターがふらつきだした。胃がむかむかしてきたのだ。なにか、わるいものを食べたのだろうか？　ヘクターは、もうろうとした頭で考えた。昼間食べたソーセージがわるかったんだろうか？


　現在のヘクターがいった。

「目ざめたとき、おれは死者の国にいた。おまえは……おれに毒を盛ったんだな！」

「おいおい、映画と現実をいっしょにするな、ヘクター。」

　デラクルスはヘクターをなだめようとした。

　ヘクターが冷たい通りにたおれたとき、だれかが彼のスーツケースをあけ、楽譜集をぬすんだにちがいない。

「ずっと思ってた。おれは運がわるかったんだと。まさか、おまえが……おまえが。よくも、そんなまねができたな！」

ヘクターは歯をくいしばり、デラクルスになぐりかかった。

「警備員、警備員はどこだ？」

デラクルスは床にたおれ、悲鳴をあげた。

ふたりの男が床の上で取っ組み合うのを、ミゲルはぼうぜんと見ていた。なんとか、事の次第を理解しようとした。乾杯、楽譜集、そしてヘクターが死んだこと。それは、ほんとうのことだろうか？　デラクルスが毒を盛ったのか？

「おまえはおれから、なにもかもぬすんだ！」

ヘクターはさけんだ。と、警備員たちが部屋に入ってきた。ヘクターは警備員たちに体をつかまれ、むりやりデラクルスからひきはなされた。

「そいつのあつかいには、気をつけろ。頭に血がのぼってるから。」

デラクルスは警備員たちにつげた。

「おれはただ、家に帰りたかっただけだ！」

ヘクターのさけびをきくうちに、ミゲルののどに、なにかがこみあげてきた。

ヘクターは警備員たちに部屋からひきずりだされ、ミゲルとデラクルスだけがあとに残された。どうしたらいい？　ミゲルの心はゆれた。

「すまなかった。で、なにをしようとしてたんだっけ？」

デラクルスが口を切った。

「ぼくに、ゆるしをくれようとしていたところです。」

ミゲルは答えたが、いまではそれが正しいことなのか、わからなくなった。自分のひいおじいさんが、ヘクターの死にかかわっていた？

デラクルスはマリーゴールドの花びらをつまんだが、ためらっていた。

「ミゲル、名声はわしにとって、じつに重要なものだ。もしおまえが――。」

「あなたが、曲をうばうためにヘクターを殺したと考えるなら？」

ミゲルの胃の中のしこりが大きくなった。

「おまえは、そんなふうに考えないだろ？」

「え、ええ。あなたがいい人だってことは、みんなが知ってます……。」

そう答えたが、心に芽生えたうたがいは声にもあらわれていた。

デラクルスは、ヘクターの写真を自分のスーツの胸ポケットにつっこんだ。

「ひいひいおじいさん？　ゆるしは？」

ミゲルが問うと、デラクルスはマリーゴールドの花びらをくしゃくしゃにした。

「警備員！」

デラクルスは、ふたたびさけんだ。戸口に警備員たちがあらわれた。

「ミゲルの世話をしてやってくれ。滞在がのびることになったから。」

警備員たちに両肩をつかまれ、ミゲルの顔が怒りで真っ赤になった。

「なにをする？　ぼくは家族なのに！」

信じられない！　ぼくにこんなこと、するなんて！

「ヘクターはわしの親友だった。」

デラクルスは、そっけなく口にした。ミゲルは、今度は真っ青になった。

「やっぱり、あなたはヘクターを殺したのか！」

「成功は、だまっていては手に入らない、ミゲル。なんでもする覚悟がないと——チャンスをつかむためには。おまえなら、わかってくれると思う。」

20　ヘクターの告白

「はなせ！」

ミゲルは抵抗したが、デラクルスのタワーから警備員たちにひきずりだされ、地面に大きくあいた穴に投げ入れられた。メキシコによくある、水の浸食でできた天然の井戸で、セノーテとよばれている。ミゲルは穴の中を落ちていき、バッシャーン！　底の深い水たまりにしずんでいった。

このままじゃ、おぼれちゃう。必死で水をかき、なんとか水面にうきあがった。

「たすけて！　だれかいる？　ぼくは家に帰りたいんだ！」

セノーテのかべぎわにひろがっている砂地に、手がとどいた。ミゲルはその砂地にたおれこむと、上を見あげた。ここから出なくちゃ。家に帰らなくちゃ。でも、どうやって？

だれも、こんなところまでたすけにきてくれっこない……絶望がおしよせてきたそのとき、ふいに足音がきこえた。暗がりからヘクターがあらわれ、よろよろとミゲルに近づいた。ヘクターも、ここに投げ入れられていたのか。

「ヘクター？」

「ぼうずか？」

ふたりは、たがいにかけよった。ミゲルはヘクターをだきしめた。

「ヘクター、あんたは正しかった。ぼくは家族のもとに帰るべきだった。」

「気にするなって。」

ヘクターは、ミゲルの背中をポンポンとたたいた。

「家族は、いってたんだ。デラクルスのようになるなって。でも、ぼくはいうことをきかなかった。」

「だいじょうぶだよ。」

ヘクターはいった。

「家族にいっちゃったんだ。みんなにわすれられてもいい。祭壇にかざられなくても、かまわないって。」

ミゲルはヘクターの胸で泣いた。　ヘクターはミゲルをさらに強くだいた。

「ぼうず、だいじょうぶ。　だいじょうぶだ。」

ミゲルは深く息をついた。

「こんな家族なんて、もういやだ――そこまでいっちゃったんだ。」

ふいに、ヘクターの骨が金色にかがやいた。

「おお！」

ヘクターはさけび、ひざまずいた。

「ヘクター！」

なにが起きたの？　ミゲルはおびえた。

「あの子が……おれをわすれかけている。」

「あの子って？」

「おれの娘だ。」

「その娘さんのために、橋をわたりたかったの？」

「おれはただ、娘にもう一度、会いたかっただけだ。」

ヘクターはおだやかにいった。

「サンタ・セシリアを出るべきじゃなかった。エルネストに、こう説得されたんだ。おれのビッグ・チャンスは、家から遠いところにある、と。けど……。娘にあやまれたらなあ。パパは家に帰ろうとしたんだと、つたえられたらいいのに。娘のことを心から愛していると、つげられたら……。」

ヘクターは空を見あげた。

「おれのココ……。」

なんだって？　ミゲルの背すじを冷たいものがかけぬけた。心臓がドクドク音をたてる。そんなことって、あるだろうか？

「ココ？」

ミゲルはパーカーのポケットから、写真をとりだした。まだ若いママ・イメルダと、おさないころのひいおばあさん、ココがうつっている写真だ。いっしょにうつっている父親の顔は、やぶられている。ミゲルは、それをヘクターに見せた。

ヘクターは目を細め、穴のあくほどじっと写真を見つめた。

「どこで――どこで、これを手に入れた？」

「その女の子は、ぼくのひいおばあさんのココだ。横にいるのは、ひいひいおばあさんの、ママ・イメルダ。」

そういって、ミゲルは顔のないミュージシャンを指さした。

「これは、ヘクター？　あんたなの？」

「おれたちは……家族だったのか？」

ヘクターは声をふりしぼるように、それだけ口にした。そして、孫の孫に笑いかけた。

ミゲルも笑いかえした。ほんとうのひいひいおじいさんの、パパ・ヘクターに。

ぼくたち、家族だった！

ひょんなことからヘクターと知り合ったと思っていたが、そうなる運命だったのだ。血がつながっていたのだから。

デラクルスのうらの顔を知ったいまとなっては、ヘクターがひいひいおじいさんでよかったと、心からそう思えた。

　ヘクターはもう一度、写真を見た。その顔から笑みが消えていった。小さなココにさわった。

「ずっと思ってたんだ。娘にもう一度、会いたい。おれのことを恋しがってくれてたらいいけど。ひょっとしたら、おれの写真をかざってくれてるんじゃないか？　……だが、ちがってたらしい。」

　ヘクターの声は、しりすぼみになった。

「最悪なのは、なにかわかるか？」

　ミゲルは首を横にふった。

「生者の世界で、たとえ二度とココに会えなかったとしても、おれはこう思ってた。少なくとも、こっちの世界で会えるんじゃないかって。ぎゅっとだきしめられるんじゃないかと。でも、ココは、おれをおぼえててくれる最後の人間になっちまった。ココが生者の世界から消えた瞬間……。」

「あんたは、こっちの世界から消えてしまう。すれちがって、二度とココに会えなくなるんだね?」

　ミゲルはたずねた。

「ああ、二度と。」

と、ヘクターがしめくくった。

「おれはむかし、ココのために歌をつくった。毎晩、いっしょにうたったものだ。声をそろえて。でも、もう、うたってやることはできない。」

　ヘクターは、自分のオリジナルの『リメンバー・ミー』をうたった。

　♪ リメンバー・ミー、おわかれだけど
　　リメンバー・ミー、わすれないで ♪

やさしい歌声だ。おなじ曲なのに、エルネスト・デラクルスのうたう『リメンバー・ミー』とは、まるでちがう。

　歌がおわると、ミゲルはいった。

「デラクルスは、あんたのギターをぬすんだ。歌もぬすんだ。人々がおぼえているべきは、デラクルスではなく、あんただ。」

「おれは、『リメンバー・ミー』をたくさんの人々のためにつくったんじゃない。ココのためにつくったんだ。おまえのひいひいおじいさんとしては、失格だ。」

「冗談でしょ？　ちょっと前まで、ぼくは殺人者の子孫だと思ってた。天と地のちがいだよ。」

ヘクターはひきつった顔に笑みをうかべた。ミゲルは話した。

「これまでずっと音楽を反対されてて、なにかがちがう気がしてた……家族のことをきらいになりかけた。その原因は、ひいひいおじいさん、あんただ！　ぼくは、あんたに似てたんだね。」

ミゲルはにんまりと笑った。

「でも、いまは一族をほこりに思う！」

ミゲルは顔をあげ、セノーテのてっぺんを見た。

「ひいひいおじいさんの一族であることを、じまんに思う！　トゥルルルルライ、ヘイヘイヘイ、ヘエエエイ！」

ミゲルは心の底からさけんだ。ヘクターも、それにつづいた。

「トゥルルルライ、ヘイヘイヘイ、ヘエエエイ！　ミゲルの一族であることを、ほこりに思う！」

ふたりはたがいにさけびあった。セノーテの中にふたりの声が反響した。

と、なにか声がきこえてきた。

「ルウウウウウ、ルウウウウウ、ルウウウウウー！」

ミゲルとヘクターはびっくりして、上を見た。

「ダンテ？」

と、ミゲル。

「ルウウウウウ、ルウウールウウ！」

ダンテはほえ、セノーテのふちから顔をのぞかせた。

「ダンテ！」

ミゲルはさけび、笑った。

ダンテはうれしそうに、しっぽをふった。そのうしろには、ふたつの影がある。ママ・イメルダと、ヒョウの精霊ペピータだ。

「イメルダ！」

ヘクターが笑みをうかべ、妻の名をよんだ。

ママ・イメルダはよそよそしい声でいった。

「ヘクター。」

「元気そうだね……。」

ヘクターは笑いかけた。

21　再会

ペピータはセノーテからとびたち、空にむかっていった。イメルダ、ヘクター、ミゲル、そしてダンテを背中にのせて。ミゲルは、ぎゅっとダンテをだきしめた。

「ダンテ、知ってたんだね？　ヘクターが、ぼくのひいひいおじいさんだったってことを！　おまえは、ぼくたちをひきあわせようとしていた。ほんものの精霊だ！」

ダンテはうれしそうに、にっこりした。ふいに、ダンテのつめから光がひろがり、色が変わっていった。

「ワオ！」

ミゲルは息をのんだ。ダンテの背中に、小さなつばさがあらわれたのだ。さらに、体はピンク、緑、青のもようにいろどられている。ダンテは新しいつばさをひろげると、ペピータからとびあがり、自分の力で空を舞った。

「ダンテ！」

ミゲルはさけんだ。ダンテは精霊となったのだ。

いっぽうペピータは、小さな広場にとんでいった。そこでは、リベラ家のほかの先祖たちが待っていた。

「ほら、ペピータがきたぞ！」

フリオおじさんが声をはりあげ、空を指さした。ペピータが着地すると、先祖たちはわれ先にかけよってきた。

ヘクターは真っ先にペピータの背中からおり、ママ・イメルダに手をさしだした。イメルダは夫をにらみつけ、無視した。

ミゲルは、いとしげにダンテをなでた。

ママ・イメルダは、家族の輪にミゲルをひきいれた。

「もう心配させないでおくれ。間に合ってよかった。」

ママ・イメルダはヘクターを見た。帽子を両手で持ち、もじもじしている。

「そしてヘクター！　何回あたしに見すてられたら、気がすむんだい？」

「イメルダ。」

「あんたとは無関係でいたいね。生者の国でも、死者の国でも。あんたのせいで、あたしは何十年も必死に、家族をまもってきたんだよ！」

　これは、なんとかしなくちゃ。ミゲルは、ふたりのあいだにわって入った。

「ぼくはヘクターのせいで、セノーテにいたんじゃない。ヘクターがあそこにいたのは、ぼくのせいだけど。ひいひいおじいさんは、ぼくを家に帰そうとしてくれたんだよ。でも、ぼくはいうことをきかなかったんだ。ひいひいおじいさんは正しかった。家族よりたいせつなものはない。」

　それをきいて、ママ・イメルダはまゆをあげ、ヘクターを見た。

「ぼく、ひいひいおじいさんのゆるしを受ける準備はできてる。でも、そのまえにエルネスト・デラクルスを見つけなくっちゃ。ひいひいおじいさんの写真を、あいつからとりもどさないと。」

　ミゲルがいうと、

「なんだって？」

ママ・イメルダがたずねた。

「写真をとりもどしたら、ひいひいおじいさんはもう一度、ココばあちゃんに会える。祭壇に、ひいひいおじいさんの写真がないといけないんだ。ぼくら家族の一員なんだから。」

「この男は、家族をすてたんだよ！」

ママ・イメルダは息まいた。

「ひいひいおじいさんは、ママ・イメルダとココばあちゃんのもとに帰ろうとした。でも、デラクルスに殺されたんだ！」

「そのとおりだ、イメルダ。」

ヘクターはいった。イメルダの顔には、さまざまな感情がよぎった。

「もしそれがほんとうなら、どうだっていうの？　あたしと、おさないココが残されたことに変わりはない。それなのに、ゆるせというのかい？」

「イメルダ、おれは――。」

ヘクターの体が、ちらちら光をはなった。イメルダは息をのんだ。

「時間がなくなりかけているんだ、イメルダ。」

ヘクターはうったえた。

「すべては、ココにかかってる。」

ママ・イメルダはヘクターをじっと見た。なにが起きているのか理解しようとして。

「ココが、あんたをわすれかけているのかい？」

「ママ・イメルダが、この人をゆるす必要はない。でも、ぼくらはひいひいおじいさんをわすれるべきじゃない。」

ミゲルはいった。

「ああ、ヘクター。あたしは、あんたをわすれたかった。ココにもわすれさせようとした。でも……。」

「わるいのはおれだ。おまえじゃない。」

ヘクターはいった。

「すまなかった、イメルダ。」

ママ・イメルダはミゲルをふりかえった。

「ミゲル、もしこの人の写真をとりもどす手だすけをしたら、家に帰るかい？　音楽禁止でも？」

「うん。家族がいちばんだいじさ。」

ミゲルは答えた。ママ・イメルダはじっと考え、そうしてヘクターを見た。

「あんたをゆるすことは、できない。でも、たすけてやろう。」

ミゲルはにっこりした。ママ・イメルダはたずねた。

「で、どうやってデラクルスのもとに行くんだい？」

「ぼくに考えがある。」

ミゲルは答えた。

22 写真をとりかえせ

デラクルスのサンライズ・コンサートのために、高くそびえるビルの屋上にはたくさんの死者があつまっていた。

ステージでは、フリーダ・カーロ演出のショーがおこなわれている。巨大なパパイヤがスポットライトをあびると、中からダンサーたちがあらわれた。

みな、フリーダ・カーロそっくりのドレスを身にまとい、まゆも左右つなげて描かれている。そうして、音楽に合わせてくるくるまわりながらおどっている。

ダンサーたちにまじって、おなじ扮装をしたリベラ家の面々がいた。みんなは、すこしずつスポットライトの外に出て、舞台そでに入っていった。

「幸運を祈るわ！」

本物のフリーダ・カーロがミゲルにいった。

「ありがとう、フリーダ！」

ミゲルは手をふり、家族といっしょにステージうらを走った。一同は、すばやくフリーダのドレスをぬぎすてる。ダンテが、オスカルおじさんのスカートからとびだした。ママ・イメルダは服をぬぐのに苦労していた。

「手をかそうか？」

見かねて、ヘクターがもうしでたが、

「あたしにさわらないで！」

と、冷たく拒絶された。ママ・イメルダは、まだ夫をゆるす気にはなれないらしい。

ミゲルは家族をあつめた。

「みんな、計画はわかってる？」

真っ先に、ビクトリアおばさんが答えた。

「まず、ヘクターの写真を見つける。」

「それをミゲルにわたす。」

と、フリオおじさん。

「そして、ミゲルを家に帰す。」

ママ・イメルダが、きっぱりとまとめた。ヘクターがたずねた。

「花びらは持ってるか？」

リベラ家の面々は、マリーゴールドの花びらをかかげた。イメルダが先頭に立って、舞台うらの通路を歩いた。

「さてと、まずはエルネスト・デラクルスをさがさないと……。」

といいながらイメルダが通路の角をまがったとたん、本人とばったり出くわした。デラクルスはにっこり笑った。

「以前、お会いしたこと、あったかな？」

イメルダはすばやく靴をぬぐと、それでデラクルスの顔をひっぱたいた。

「よくも、あたしの人生から愛する人をうばいとったね！」

意味がわからず、デラクルスはまごついた。

「いったい――？」

そこに、ヘクターがあらわれた。

「彼女がいってるのは、おれのことだ。」

ヘクターは、ママ・イメルダをふりかえった。

「おまえの愛する人って、おれだよな？」

「知らないわよ。あたしはまだ、あんたに腹を立ててるんだからね！」

デラクルスが息をのんだ。

「ヘクター？　どうやって――。」

イメルダがもう一度、デラクルスをひっぱたいた。

「おまけに、あたしの孫の孫まで殺そうとしたなんて！」

「孫の孫？」

だれのことだ？　デラクルスはとまどっていた。そこにミゲルが姿をあらわすと、デラクルスもようやく、どういうことかわかったようだった。

「ミゲル！　おまえはヘクターの一族だったのか？」

ミゲルはデラクルスの胸ポケットに、ヘクターの写真を見つけた。

「写真だ！」

ミゲルがさけぶと、リベラ家全員がいっせいにデラクルスにつめよった。デラクルスはくるりと背をむけ、逃げだした。ママ・イメルダがさけんだ。

「逃がすんじゃないよ！」

デラクルスはステージの下に逃げこんだ。そこでは、デラクルスがせりにのって登場する準備ができていた。デラクルスはさけんだ。

「警備員！　たすけてくれ！」

そこにリベラ一家がかけつけた。ヘクターはママ・イメルダに、もう一度たずねた。きかずにはいられなかったのだ。

「おまえの愛する人って、いったよな？」

「さあね。おぼえちゃいないよ。」

ママ・イメルダがいった。ヘクターは、まだなにかいいたそうにしていたが、事態はそれどころではなくなっていた。ステージ下には、すでに警備員たちがあつまっている。

デラクルスにたどりつくには、まず、こいつらをどうにかしないといけない。リベラ家と警備員たちとの戦いがはじまった。フリオおじさんもフェリペおじさんも、オスカルおじさんも、次々と相手をたおした。みごとな大活躍だ。

そのすきに、デラクルスは通用口から逃げようとした。が、ふいに舞台係が目の前にあらわれた。

「あと三十秒で出番です。」

いまのうちにヘクターの写真をとりかえさないと！　ママ・イメルダはデラクルスに手をのばした。ミゲルもデラクルスにとびついた。はずみで、ヘクターの写真がせりに落ちた。ママ・イメルダが、すかさずせりにとびのり、写真をつかむ。

「ミゲル！　やったよ！」

ママ・イメルダは声をはりあげた。その瞬間、ふいに体がうきあがった。セットのせりがあがりだしたのだ。このままでは、ステージに出てしまう。マ

マ・イメルダはもちろん、リベラ家のみんなはぼうぜんとした。

そんなことをさせてたまるか！　デラクルスは、舞台下からステージ右そでにつづく階段をかけのぼった。

23 思いがけない展開

「ご来場のみなさま。エルネスト・デラクルスの登場です！」

アナウンサーがつげると、たちまち拍手や喝采がわきおこった。が、セットの階段のてっぺんにいるのは、ママ・イメルダだった。そのうしろでは、「エルネスト」と記されたネオンの文字がこうこうとかがやいている。

観客はあっけにとられた。なんだ、あのおばあさんは？

デラクルスは息をきらしながら階段をのぼりおえ、ステージの右そでについた。ママ・イメルダを指さし、わめいた。

「あの女をステージから追いだせ！」

そのころ、ステージの左そでには、ミゲルと先祖たちがかけつけていた。みんなは、なすすべもなく、スポットライトをあびているママ・イメルダを見つめた。

ミゲルの心はゆれた。ママ・イメルダをすくいに、ステージに行くべきかどうか。観客席を見ると、思いがけないなりゆきに、みんなびっくりしている。ざわめきがひろがっていった。ミゲルは、ひいひいおばあさんにむかってさけんだ。

「うたうんだ！」

イメルダがうたえば、観客もよろこぶはずだ。あの路地できいたイメルダの美しい歌声を、ミゲルはわすれていなかった。

「うたって！」

ミゲルはもう一度さけんだ。

イメルダはミゲルにうなずいた。マイクをにぎると、目をとじ、うたいだした。

それを見たミゲルはヘクターに、ステージのそでに立てかけてあるギターをわたし、彼の前にスタンドマイクをおいた。ロシータおばさんはコードをつなぎ、ビクトリアおばさんは電源を入れた。

ヘクターがギターをひくと、その音色がスピーカーからながれはじめた。

ママ・イメルダは、バラードをうたいながら階段をおりた。スポットライトがその姿を追う。階段をおりると、ママ・イメルダはヘクターと目を合わせた。ヘクターはやさしく笑った。イメルダの目に涙が光った。遠いむかし、夫婦でうたったときの記憶が胸におしよせてくる。イメルダは背すじをのばし、大声でうたった。

すばらしい！　観客は総立ちとなり、手拍子をした。すぐにステージの指揮者が指揮棒をふり、オーケストラが演奏をはじめた。

イメルダはステージをまわって歩きながら、舞台の左そでにいる家族に近づいた。ヘクターの写真をわたすためだ。

もうすこしで家族のもとに行こうというそのとき、だれかの手がイメルダの手首におかれた。さらに声がくわわり、ハーモニーとなった。エルネスト・デラクルスがいっしょにうたっているのだ。

観客は熱狂した。デラクルスはうたいながら、ママ・イメルダの体を回転させた。ヘクターの写真をとりもどそうとして。それがダンスに見えて、観客は大よろこびだ。

「手をはなしなさい！」

ママ・イメルダは間奏のとき、おどした。歌がクライマックスに近づくと、イメルダは靴のヒールで力いっぱいデラクルスの足をふんだ。デラクルスは、「アイアイアイアイ！」と悲鳴をあげた。観客はそれも演出だと思い、喝采をあげた。

ママ・イメルダは、写真とともに逃げることができた。ステージのそでに走っていくと、ヘクターをだきしめた。

「この感動をわすれてた！」

ママ・イメルダは顔を赤らめ、ぎこちなくヘクターから体をはなした。

「いまでも、あの歌をおぼえててくれたんだね。」

ヘクターがいうと、ふたりはやさしくほほえみあった。

「えっへん。」

ミゲルはせきばらいをして、ふたりの注意をひいた。

「そうだった！」

ママ・イメルダはヘクターの写真をミゲルにわたした。そして花びらをとりだした。

「ミゲル、おまえに、あたしのゆるしをあたえる。」

イメルダがいうと、花びらがかがやきだした。

「家にお帰り。あたしたちの写真をかざって。そして、けっして……。」

ミゲルはすこし悲しくなった。次になにをいわれるか、わかっているからだ。

「……けっして音楽をしてはなりません……でしょ？」

と、先に自分でいった。けれど、ママ・イメルダは、にっこり笑った。

「けっしてわすれてはいけないよ。家族がどんなにおまえを愛しているかを。」

ミゲルは、ひいひいおばあさんのことばに胸を打たれて、花びらに手をのばした。

「家に帰れ。」

　ヘクターがいったそのとき、

「どこにも行かせないぞ！」

と、エルネスト・デラクルスがわめいた。ミゲルが生者の世界にもどり、自分の悪事をばらされたら一大事だ。

24　ミゲルのピンチ

デラクルスは、ミゲルのパーカーのフードをつかんだ。ママ・イメルダがデラクルスにとびつこうとしたものの、ひょいとかわされ、床にたおれた。

リベラ家のみんながあらわれた。が、おそすぎた。ステージは高いビルの屋上にあり、街の景色が一望できる。はるか下は海だ。

デラクルスはミゲルをひっぱって、屋上のはしにつれていった。

「さがれ！　さがれ！　全員さがるんだ！　一歩もうごくな！」

デラクルスがおどした。

「エルネスト！　よせ。その子をはなすんだ！」

ヘクターが必死にたのんだ。体はふらつき、床にたおれた。骨がちらちら光っている。

ロシータおばさんが取材のカメラをうばい、屋上のへりをうつした。ビクトリアおばさ

んは、そばにある音響機材のボリュームをあげた。

すぐに、エルネスト・デラクルスがミゲルを人質にしている場面が、ステージうしろの巨大なスクリーンにあらわれた。それを見て、観客席がしずまりかえった。

「その子は生きているんだ、エルネスト！」

ヘクターが声をはりあげた。

「こいつを生かしておくわけにはいかないんだ！」

デラクルスがいいかえした。

「おまえの写真を持ったまま、こいつをみすみす生者の国に帰らせると思うか？　おまえの思い出を残すために？　まさか！」

「あんたは、おくびょう者だ！」

ミゲルがさけんだ。

「おれはエルネスト・デラクルス。いつの世も、もっとも偉大なミュージシャンだ！」

「ほんとうのミュージシャンはヘクターだ！　あんたはヘクターを殺して、彼のつくった曲をぬすんだだけじゃないか！」

なんだって？　客席がざわめいた。

「自分のチャンスをものにするために、できることをしたまでだ——どんな犠牲をはらっても！」

デラクルスは、ミゲルを屋上からつきおとそうとした。ミゲルは悲鳴をあげ、デラクルスにしがみつく。が、その手をふりはらわれ、ミゲルはまっさかさまに落ちていった。

「きゃあ！」

ママ・イメルダが悲鳴をあげる。リベラ家の人々は、屋上のはしにかけよった。

スクリーンを見ていた観客たちは、ぞっとした。

デラクルスは、スクリーンに自分の残虐な映像がながれていることを知らなかった。床にたおれたままのヘクターの横を通りすがりに、声をかけた。

「すまんな、友人。だが、ステージはつづけないといけないんだ。」

ミゲルは宙を落ちていきながら、かすかにほえる声をきいた。

いなずまのように、ダンテが空を切ってやってくる。ダンテはミゲルのシャツをくわえると、つばさをひろげた。そのとき、ミゲルの手からヘクターの写真が落ちた。

「ああ！」

ミゲルはさけんだが、写真は風にのって、どこかにいってしまった。ダンテはミゲルのシャツをはなさなかった。が、するどい歯のせいで布地がさけ、ミゲルはふたたび落下していった。

ああ、ぼくは死ぬんだ。ミゲルは思った。が、ぎりぎりの瞬間、ペピータがかぎづめでミゲルの体をすくいあげた。

たすかった！　ミゲルは海面を見た。ヘクターの写真は、すでになかった。

25　さよなら、みんな

エルネスト・デラクルスは髪をうしろになでつけ、ステージにもどった。スポットライトが彼を照らす。

いつもの調子で愛想よく観客とむきあうと、思ってもみなかったことが起きた。拍手でむかえられるどころか、ブーイングのあらしが待っていたのだ。

「人殺し！」

観客は口々にさけんだ。

「まあまあ、みんな、おちついて。」

デラクルスは観客をなだめようとしたが、非難の声はますます大きくなるばかりだ。

「ステージからおりろ！」

たまらず、デラクルスはオーケストラに声をかけた。

「オーケストラ！　音楽だ。ワン、ツー、スリー――。」

けれど、指揮者はデラクルスをにらむと、指揮棒を折った。こうなったら、オーケストラなしでうたうしかない。デラクルスは、『リメンバー・ミー』をうたいだした。観客席から次々に果物がとんできた。と、観客のひとりがさけんだ。

「見ろ！」

みんな、いっせいにスクリーンに目をやった。ペピータが背中にミゲルをのせて、屋上にもどってきた。ミゲルはペピータのつばさからすべりおりると、家族のもとにかけよった。観客は拍手喝采だ。

デラクルスはスクリーンを見やり、次に観客席を見た。ペピータがステージにあらわれたことに気づくと、デラクルスはすこしずつあとずさった。

ペピータが、デラクルスをボールのように空中に投げとばした。

「うわあ、やめてくれ！」

ピューン！　デラクルスは屋上からほうりだされ、近くの教会の巨大な鐘にぶつかった。

ゴーン！　大きな鐘の音がひびいた。

客席では歓声があがっていた。ママ・イメルダはステージのそででミゲルにかけより、だきしめた。

「ミゲル！」

ミゲルは立ちあがろうとするヘクターのもとにいそぎ、手をかした。

「ひいひいおじいさん！　写真をなくしちゃった……。」

そういって、泣いた。

「かまわないよ、ミゲル――。」

ふいに、ヘクターの体が金色にかがやき、はげしくふるえた。うめき、たおれた。ミゲルはその横にひざまずいた。

「ひいひいおじいさん？」

ヘクターは弱々しく顔をあげた。

「おれのココ……。」

「しっかりして！　まだ写真が見つかる望みはあるから。」

ミゲルはヘクターをはげました。ママ・イメルダが水平線を見やった。

「ミゲル、もうすぐ日がのぼる！」

「だめだ――ひいひいおじいさんをこのままにして行けない！」

　ヘクターがミゲルを見た。

「おれたちふたりとも、時間がつきたようだ。」

　ヘクターの骨が光をはなった。

「そんなことない。ココばあちゃんが自分のパパをわすれるはずがない！」

　ミゲルがいうと、

「おれはただ、あの子にわかってほしかったんだ。愛してるって。」

　ヘクターは、マリーゴールドの花びらをつかんだ。

「ひいひいおじいさん……。」

「おまえはおれたちのゆるしを受けた、ミゲル。」

　ヘクターがいった。

「条件なしで。」

と、ママ・イメルダ。

　花びらがかがやいた。ヘクターは力をふりしぼり、花びらをミゲルにわたそうとした。ママ・イメルダは、やさしく手をかした。

「ヘクターひいひいおじいさん、逝っちゃだめだ。だめだよ！」

　ヘクターのまぶたがとじようとしている。

「家にお帰り。」

　ヘクターはささやいた。

「約束する。絶対ココばあちゃんに、ひいひいおじいさんのことをわすれさせないようにするって！」

　ミゲルはさけんだ。

　イメルダとヘクターは花びらを手に、ミゲルの胸にふれた。花びらが舞いながらミゲルをつつんでいく。そうして、ミゲルは消えていった。

26 生者の国へ

ミゲルは、エルネスト・デラクルスの霊廟にもどっていた。窓の外を見ると、日がのぼろうとしている。

床には、ヘッドに頭がい骨が彫られたギターがあった。いそがなきゃ！　ミゲルはギターを手にすると、あわてて霊廟から出た。広場をつっきり、エルネスト・デラクルスの銅像の前を通りすぎ、家にむかった。

「あの子がもどってきた！」

ベルトおじさんがさけんだ。いとこのアベルはおどろいて、ベンチから落ちた。ちょうどそのとき、お父さんがあらわれた。

「ミゲル？　ちょっと待て！」

ミゲルは耳をかさず、おくの寝室にむかった。ココばあちゃんの部屋だ。ミゲルが戸口にさしかかったとき、おばあさんが行く手をさえぎった。

「いったい、どこに行ってたんだい？」

「おばあちゃん、ぼくはココばあちゃんに用があるんだ。おねがい！」

ミゲルがギターを手にしていることに、おばあさんは気づいた。

「そんなもの持って、どういうつもりだい？　よこしなさい！」

ミゲルはいそいでおばあさんの横をすりぬけ、バタンとドアをしめた。

「ミゲル！　よしなさい！　ミゲル！」

ミゲルはドアの錠をおろした。ココばあちゃんは、ぼんやりと前を見ている。ミゲルはひいおばあさんの目を見つめた。

「ココばあちゃん？　きこえる？　ミゲルだよ。ココばあちゃんのパパに会ったんだ。おぼえてる？　パパを？　おねがい――わすれちゃったら、パパは永遠にわすれさられたままになっちゃうんだ。」

ココはあいかわらずだまったまま、前を見つめている。ミゲルのお父さんがドアをたたいた。

「ミゲル、ドアをあけなさい！」

　ミゲルはあせった。なんとかして、ひいおばあさんのココに自分のいうことをわかってもらわなくては。自分の父親のことを思い出してもらわなくては。このままでは、ひいひいおじいさんのヘクターは、最後の死をむかえてしまう。

「ほら、ココばあちゃんのパパのギターだよ。いつも、ココばあちゃんのためにひいてたでしょ？」

　ココはミゲルを見た。が、その視線はミゲルを通りこしていた。まるでだれもいないかのように。

　ミゲルは写真をかかげて見せた。

「パパだよ。おぼえてる？　パパのこと？」

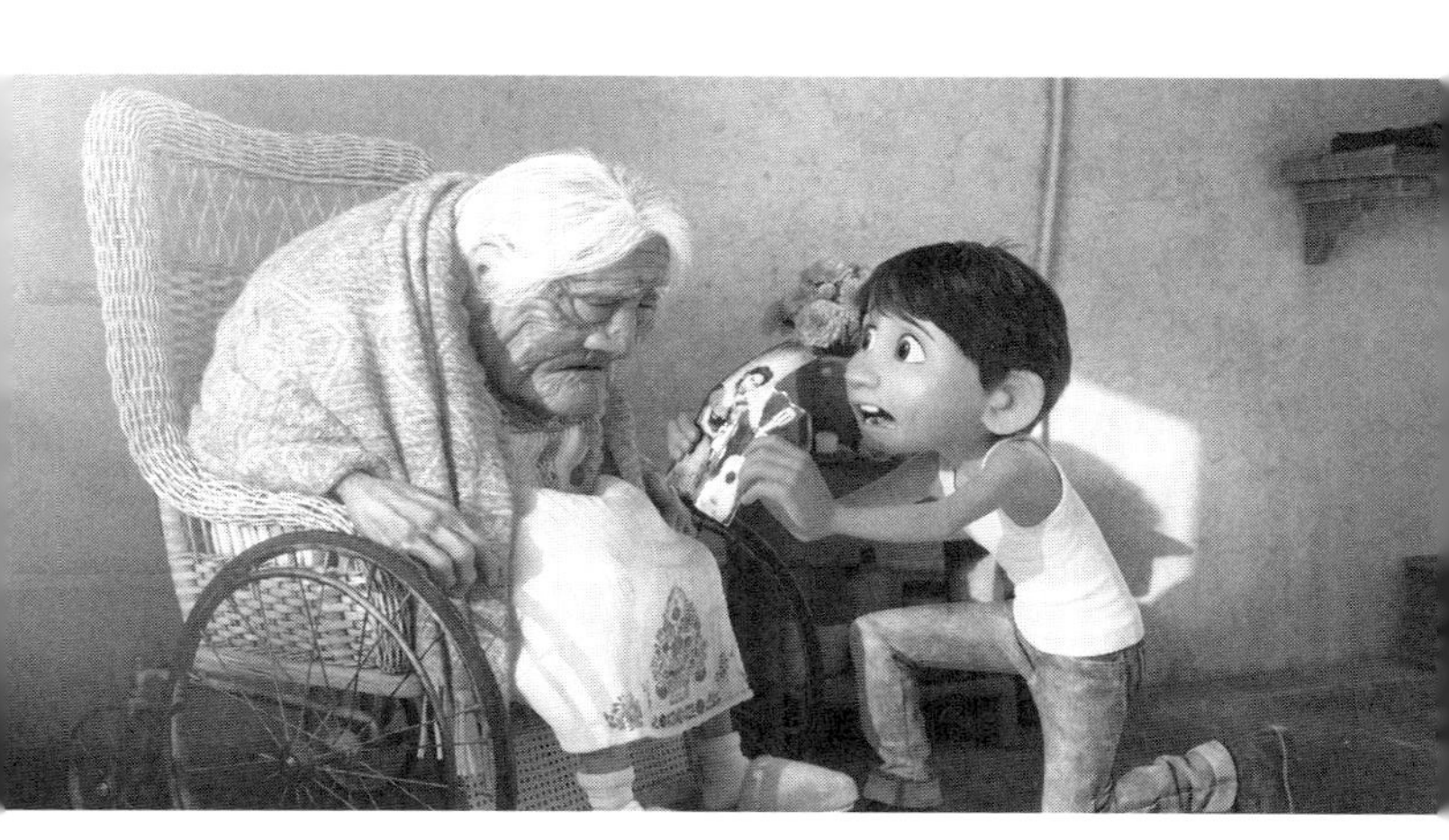

「ミゲル！」

ドアのむこうで、お父さんがどなっている。

「ココばあちゃん、おねがいだ。パパのことをわすれないで。」

ミゲルは泣きながらたのんだ。ドアの錠にかぎが入れられる音がして、ドアがあいた。

家族がなだれこんできた。

「母さんに、なにをしてるの？」

おばあさんが声をはりあげ、ミゲルの体をおしのけた。

「いったい、どういうつもりだ？」

お父さんがいった。ミゲルは打ちのめされた気持ちで、うつむいた。涙がほおをつたう。それを見て、お父さんはミゲルをだきしめた。

「おまえがいなくなって、どれほど心配したか……。」

「ごめんなさい、パパ。」

ミゲルのお母さんが、前にすすみでた。

「でも、こうしてみんなそろった。それがだいじなことよ。」

「みんなじゃない。」

ヘクターのことを思い、ミゲルはつぶやいた。

「さあ、ミゲル。ココばあちゃんにあやまりなさい。」

おばあさんがうながした。ミゲルはココに近づいた。

「ココばあちゃん……。」

あやまろうとしたミゲルは、ヘクターのギターを見た。ふいに、自分がなにをすべきかわかった。

「ココばあちゃん？　ばあちゃんのパパは――これをうたってあげたがってた。」

ミゲルがギターを手にすると、おばあさんがやめさせようとした。けれど、お父さんがそっとおばあさんのうでをたたいた。

「母さん、待ってくれ。」

そういって、お父さんはミゲルを見た。ミゲルは、『リメンバー・ミー』をうたいだした。ヘクターとおなじような歌い方で。全身全霊をこめて。

♪ リメンバー・ミー、おわかれだけど

リメンバー・ミー、わすれないで♪

「見て。」

ミゲルのお母さんがいった。歌がすすむにつれ、ココの目に光がやどり、それがしだいに強くなっていった。口もとに笑みがうかんだ。ミゲルもその変化に気づいていた。

やがて、思いもかけないことが起きた。ココが、ミゲルといっしょにうたいだしたのだ！　かつて、父親とうたったときのように。

やった！　ミゲルは心の中でさけんだ。ひいひいおじいさん、もうだいじょうぶだよ。

おばあさんのほおに涙がつたった。ココが心配そうに娘を見やった。

「エレナ？　どうかしたのかい？」

母さんがわたしの名前をよんだ！　おばあさんはうれしくて、胸がはずんだ。

「なんでもない、母さん。だいじょうぶだから。」

ココは次に、ミゲルを見た。

「パパはよく、その歌をあたしにうたってくれたっけ。」

「パパは、ココばあちゃんを愛してたんだよ。心の底から。」

ミゲルはいった。それをきいて、ココの顔に笑みがひろがっていった。どんなに長いこと、そのことばをききたかったことか。

ココは、車いすの横にある小さなたんすの引き出しをあけた。ノートをとりだし、ページをめくっていった。あるページをひらくと、ココはそれをミゲルにさしだした。

「あたしは、パパの手紙をとっておいた。詩が書いてある……。それと――。」

そこにはさまれていたのは、写真の一部――やぶられたヘクターの顔だった。ココは、にっこりした。

「パパはミュージシャンだった。あたしがおさないころ、パパとママは、そのきれいな歌をいっしょにうたってたっけ……。」

家族がココをとりかこんだ。

27 ふたたび〈死者の日〉

一年後、共同墓地にはたくさんの家族があつまり、墓石をみがき、花をそなえた。エルネスト・デラクルスの霊廟は、おとずれる人も少なく、いつもの年のようなにぎわいはなかった。広場の銅像に、だれかがスプレーで「あんたのことはわすれたよ」と落書きをしていた。

墓参りをした人々は街を歩き、〈リベラ靴店〉の前で足をとめた。

「ここが、サンタ・セシリアでいちばん偉大な人物の家です。」

ガイドが説明した。

「その名もヘクター・リベラ。尊敬されているソングライターです。ヘクターが娘のココに書いた手紙の中に、みなさんご存知の曲の詩もふくまれています。『リメンバー・ミー』だけじゃなくて。」

人々は、店頭にかざられているヘッドに頭がい骨の彫られたギターと、額に入れられた手紙を写真にとった。

中庭では、ミゲルの両親が料理をしている。そのあいだ、いとこのロサとアベルが紙でかざりつけをしていた。おじいさんは庭をはき、小さな孫たちは、祭壇の部屋につづくマリーゴールドの花びらの道をつくっていた。

「この人は、フリオおじさんだよ。」

ミゲルは十か月になる妹をだきながら、祭壇にならべられた写真の説明をした。赤んぼうの名は、ソコーロという。

「これが、ロシータおばさんにビクトリアおばさん。そしてこのふたりは、オスカルとフェリペという、ふたごのおじさんたち。みんな、ぼくたちの家族だ。だから、いつも思い出してやらないといけないよ。」

おばあさんは、孫息子が〈死者の日〉の伝統をおさない妹におしえているのを見て、にっこりした。そうして、最後の写真を祭壇においた。ココの写真だ。

おばあさんは、ミゲルと目を見かわした。ミゲルは、おばあさんに片うでをまわした。

ふたりとも、心の底からココが恋しかった。ココの写真のとなりには、おさないココと若いイメルダ、そして、テープで継ぎ合わされたヘクターの、三人いっしょの写真がならんだ。

死者の国では、ヘクターが出国を待っていた。長年、拒絶されつづけていたため、神経質になり、そわそわとおちつきなかった。

「次！」

出国係員が声をはりあげた。ヘクターはカメラの前にすすみでた。係員はヘクターを見るとにっこり笑った。

スキャンされるあいだ、ヘクターは胸がどきどきしていた。

「よい旅を、ヘクター！」

出国係員は大声でつげた。ヘクターの家族は、ついに祭壇に彼の写真をかざってくれたのだ。橋のたもとで、ママ・イメルダがヘクターに近づいた。ふたりはキスをした。

と、うれしそうな声がした。

「パパ！」

ヘクターはふりかえった。娘のココが、ふたりのもとに歩いてくる。ヘクターは両手をひろげ、ぎゅっとココをだきしめた。ココは両親の手をとって、三人ならんで橋をわたった。

頭上では、ダンテとペピータが死者の国の夜空をとんでいる。二頭は、生者の国へとつづくマリーゴールドの花びらの道を明るく照らした。生者の国に行く角をまがると、ダンテのつばさはなくなり、ふつうの毛のない犬にもどっていた。ペピータもヒョウから子猫になった。

ダンテとペピータは、お祭りさわぎの人々のあいだをぬけ、リベラ家の中庭に入った。

おばあさんがダンテを見つけ、おやつを投げてやった。

中庭では、家族がミゲルをとりかこんでいた。ミゲルは、ギターをひきながらうたいだした。ダンテはとびあがり、ミゲルのほおをペろりとなめた。

「ダンテ!」

ミゲルがびっくりすると、みんな笑った。

この〈死者の日〉の特別な夜、パパ・ヘクターとママ・イメルダのたましいは、うでを組んでミゲルの歌をきいていた。おばあさんの肩に、ココのたましいが手をおいた。ミゲルのお母さんは、赤ちゃんをあやしているお父さんによりそっている。

ミゲルの一家が——生者も死者も——それぞれの楽器をかなでながら、うたっている。

生者に死者は見えないが、一族は声をそろえてうたっていた。

こうして、リベラ家はようやく全員がそろった。

さあ、今年の〈死者の日〉のはじまりだ。

『リメンバー・ミー』解説

しぶや まさこ

愛と夢にあふれる壮大なファンタジー

ディズニーとピクサーの共同製作による長編アニメーション映画、『リメンバー・ミー』の小説版をおとどけします。メキシコを舞台に、家族のきずなと夢をもつことの大切さを描いた物語です。

主人公は、サンタ・セシリアという町に住む十二歳の少年で、四代つづく靴屋の息子、ミゲルです。音楽が大好きで、故郷が生んだ世界的に有名な歌手、エルネスト・デラクルスに心からあこがれています。いつかデラクルスのようになるのがミゲルの夢です。ところが、家族は大の音楽ぎらい。というよりも、憎んでさえいます。ミゲルのひいひいおじいさんが、ミュージシャンになるために妻と娘を捨てたという過去があるからです。どうしても音楽への夢を捨てきれないミゲルは、年に一度の〈死者の日〉に、思いきったある行動に出ます。そして、それが原因で、死者の国に迷いこんでしまうのです。

〈死者の日〉とは？

メキシコでは年に一度、〈死者の日〉と呼ばれる祝日があります。先祖がこの世にもどってくる日で、日本のお盆のようなものですが、メキシコの場合は、お祭りとして盛大に祝うのが特徴です。

家の門から玄関までマリーゴールドの花びらをしきつめ、かざり模様をほどこした紙をつるし、家の祭壇には先祖の写真をかざって、お菓子や飲み物、料理など、たくさんのものを供えます。この世にもどってきた先祖によろこんでもらえるように、と。たとえ亡くなっていても、家族の大切な一員なのですから。

〝ゆるし〟を得るには

けれど、先祖がみな、この世に帰れるわけではありません。生者の祭壇に自分の写真がかざられていることが条件です。だれからも忘れさられた死者は、やがてあの世からも消え去ってしまいます。〝最後の死〟をむかえるのです。

ミゲルが死者の国で出会ったヘクターも、どこの祭壇にも写真がかざられていないため、生者の国に帰ることができません。このままでは、死者の国からも消えてしまう……ヘクターはミゲルに、自分の写真を生者の国に持って帰ってもらおうとします。

けれど、そのためには、ミゲルが死者の国にいる先祖の〝ゆるし〟を得なくてはなりません。ひいひいおばあさん、ママ・イメルダが出した条件は、音楽をあきらめること。ミゲルには、なんとしてものめない条件です。

こうなったら、ミュージシャンを志していたひいひいおじいさんから、〝ゆるし〟をもらうしかありません。それも〈死者の日〉が終わる、翌日の日の出までに。

はたしてミゲルは、ひいひいおじいさんをさがしだして、〝ゆるし〟をもらうことができるでしょうか？　そしてヘクターの運命は？

鍵となるキャラクターと主題歌

ミゲルといっしょに死者の国に迷いこむ野良犬のダンテは、メキシカン・ヘアレス・

ドッグという犬種で、その名のとおり毛がないのが特徴。ショロとも呼ばれています。ダンテはなぜかヘクターにひかれている様子で、ミゲルとヘクターが知り合ったのも、ダンテのおかげです。この出会いが、その後のミゲルの運命を大きく変えていくのでした。

生者の国にいるミゲルの家族は、団結力が強く、先祖をとても大切にしています。その筆頭は、ミゲルのおばあさんのエレナです。大家族をとりしきり、家業の靴屋に誇りをもち、先祖からつづく音楽禁止の掟をみんなにしっかり守らせています。

その母親で、ミゲルのひいおばあさんであるココは、この物語の鍵をにぎる重要な人物です。高齢で記憶がおぼつかなくなり、いつも車いすにのって静かにすごしています。映画の邦題にもなった歌のタイトル、『リメンバー・ミー』は、「わたしを忘れないで」という意味です。話の終盤では、この歌が奇跡をもたらします。まさに物語最大のクライマックスで、大きな感動を呼び起こすことはまちがいありません。

製作陣の努力

映画を製作するにあたり、スタッフは三年にわたってメキシコのいくつもの町を訪れました。〈死者の日〉には、いろいろな家の祭壇を見せてもらうなどし、この日がメキシコの人々にとって、いかに大切なお祭りであるかをあらためて実感したそうです。

こうした製作陣のメキシコめぐりの成果は、映像のすみずみにまで生かされ、陽気で活気に満ちた町やそこで暮らす人々の様子が、生き生きと描かれています。

なかでも目を見張るのは、〈死者の日〉の墓地の光景です。オレンジ色にかがやくマリーゴールドの花や、何百本ものろうそくが供えられた墓地は、幻想的な雰囲気に満ちています。また、モレリア市の水道橋にヒントを得たという、あの世とこの世をつなぐ壮大な橋、さらに点描画のような死者の国の映像も見どころのひとつですし、美しいメロディのメキシコの音楽も心にのこることでしょう。

この作品が第七十五回ゴールデン・グローブ賞のアニメーション作品賞や、第四十五回アニー賞などを受賞したのも、スタッフの努力あってこそです。また、第九十回アカデミー賞長編アニメ映画賞と主題歌賞にもノミネートされており、期待が高まります。

映画『リメンバー・ミー』も、本書とあわせてお楽しみください。

しぶや まさこ（澁谷正子）
東京都に生まれる。早稲田大学第一文学部卒業。訳書に『翼があるなら』『ライアンを探せ！』『レミーのおいしいレストラン』『WALL·Eウォーリー』『カールじいさんの空飛ぶ家』『アリス・イン・ワンダーランド』『テンプル騎士団の古文書』『ウロボロスの古写本』『神の球体』『メリダとおそろしの森』『モンスターズ・ユニバーシティ』『ルクセンブルクの迷路』『アナと雪の女王』『ベイマックス』『インサイド・ヘッド』『モアナと伝説の海』など。

編集・デザイン協力
宮田庸子
洞田有二

写真・資料提供
ディズニー パブリッシング ワールドワイド（ジャパン）

ディズニーアニメ小説版 115
リメンバー・ミー

NDC933　212P　18cm　　2018年3月　1刷

作　者　アンジェラ・セルバンテス
訳　者　しぶや まさこ
発行者　今村 正樹
印刷所
製本所　大日本印刷㈱

発行所　株式会社　偕（かい）成（せい）社（しゃ）
〒162-8450 東京都新宿区市谷砂土原町3-5
TEL 03(3260)3221(販売部)
03(3260)3229(編集部)
http://www.kaiseisha.co.jp/

ISBN978-4-03-792150-7 Printed in Japan

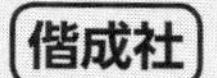

ディズニー映画小説版

1 トイ・ストーリー
2 ノートルダムの鐘
3 101匹わんちゃん
4 ライオン・キング
5 アラジン
6 アラジン完結編 盗賊王の伝説
7 ポカホンタス
8 眠れる森の美女
9 ヘラクレス
10 リトル・マーメイド～人魚姫
11 アラジン ジャファーの逆襲
12 美女と野獣
13 白雪姫
14 ダンボ
15 ふしぎの国のアリス
16 ピーター・パン
17 オリバー ニューヨーク子猫物語
18 くまのプーさん クリストファー・ロビンを探せ！
19 ムーラン
20 王様の剣
21 わんわん物語
22 ピノキオ
23 シンデレラ
24 ジャングル・ブック
25 美女と野獣 ベルの素敵なプレゼント
26 バンビ
27 ロビン・フッド
28 バグズ・ライフ
29 トイ・ストーリー2
30 ライオン・キングⅡ
31 ティガームービー プーさんの贈りもの
32 リトル・マーメイドⅡ
33 くまのプーさん プーさんとはちみつ
34 ダイナソー
35 ナイトメアー・ビフォア・クリスマス
36 おしゃれキャット
37 ビアンカの大冒険
38 102（ワン・オー・ツー）
39 ラマになった王様
40 わんわん物語Ⅱ
41 バズ・ライトイヤー 帝王ザーグを倒せ！
42 アトランティス 失われた帝国
43 モンスターズ・インク
44 きつねと猟犬
45 ビアンカの大冒険 ゴールデン・イーグルを救え！
46 シンデレラⅡ
47 ピーター・パン2 ネバーランドの秘密
48 リロ アンド スティッチ
49 トレジャー・プラネット
50 ファインディング・ニモ
51 ブラザー・ベア
52 ホーンテッド・マンション
53 くまのプーさん ピグレット・ムービー
54 ミッキー・ドナルド・グーフィーの 三銃士
55 Mr. インクレディブル
56 くまのプーさん ルーの楽しい春の日
57 くまのプーさんザ・ムービー はじめまして、ランピー！
58 くまのプーさん ランピーとぶるぶるオバケ
59 チキン・リトル
60 パイレーツ・オブ・カリビアン 呪われた海賊たち

スター・ウォーズ

STAR WARS

小説版

エピソード1
ファントム・メナス

エピソード2
クローンの攻撃

エピソード3
シスの復讐

エピソード4
新たなる希望

エピソード5
帝国の逆襲

エピソード6
ジェダイの帰還

フォースの覚醒

映画のストーリーを
読みやすい小説版で

ふりがなつき
さし絵入り

以下続刊

偕成社